主编 凌翔　　　　　当代著名作家美文自选集

玫瑰记

简儿 著

民主与建设出版社
·北京·

© 民主与建设出版社，2019

图书在版编目 (CIP) 数据

玫瑰记 / 简儿著 . —北京：民主与建设出版社，2019.12

ISBN 978-7-5139-2751-2

Ⅰ.①玫… Ⅱ.①简… Ⅲ.①散文集－中国－当代 Ⅳ.① I267

中国版本图书馆 CIP 数据核字（2019）第 248147 号

玫瑰记
MEIGUIJI

出 版 人	李声笑
著　　者	简　儿
责任编辑	周佩芳
封面设计	陈　姝
出版发行	民主与建设出版社有限责任公司
电　　话	（010）59417747　59419778
社　　址	北京市海淀区西三环中路 10 号望海楼 E 座 7 层
邮　　编	100142
印　　刷	唐山楠萍印务有限公司
版　　次	2020 年 1 月第 1 版
印　　次	2020 年 1 月第 1 次印刷
开　　本	710 毫米 ×1000 毫米　　1/16
印　　张	13
字　　数	200 千字
书　　号	ISBN 978-7-5139-2751-2
定　　价	49.80 元

注：如有印、装质量问题，请与出版社联系。

目　录

第一辑　宝贝记

奶糖记　002

宝珠记　007

宝贝记　012

学琴记　017

蓝墨水记　023

芳华记　027

小学校记　032

第二辑　玫瑰记

玫瑰记　040

天使记　045

裁缝记　051

赌徒记　056

阴阳师记　060

落水记　063

胆小鬼记　068

第三辑　礼物记

过家家记　074

雪糕记　079

咖啡馆记　084
礼物记　090
邻居记　094
麻饼记　102
摩天轮记　106
盖屋记　109

第四辑　洋人记

朋友记　114
洋人记　119
姑妈记　124
祖母记　128
旧衣记　134
寺庙记　137
出走记　143
鞋子记　147
电脑记　151

第五辑　下雪记

冬天记　156
下雪记　160
菲亚特记　165
小木屋记　169
雪人记　173

第六辑　时光记

青龙湾记　182
扫尘记　187
花碗记　191
新年记　195
时光记　199

第一辑　宝贝记

奶糖记

小时候我们家造房子，吃上梁酒剩下一袋奶糖，被我妈藏了起来。我和弟弟翻箱倒柜找啊找，等有一天，我妈记起那袋奶糖时，已经被我和弟弟偷吃得所剩无几了。

那时候，奶糖还是个稀罕的东西，别说是奶糖了，就是一般的水果糖，平时也吃不到。杂货店的柜台上，摆着一只玻璃瓶，瓶子里装着五颜六色的水果糖，用花花绿绿的塑料纸包裹着。我和弟弟踮起脚尖，站在柜台旁，伸长着脖子，口水快要淌下来了。一分钱可以买两颗糖，若是口袋里碰巧有一分钱，正好一人一颗。

水果糖真好吃呀，甜甜的，酸酸的，吃到一半舍不得吃了，仍旧裹在塑料纸里。等到想吃的时候，再拿出来，那吃剩下的一半已经融化掉了。红红绿绿的塑料糖纸，洗干净，晒在太阳底下，熠熠闪着光。夹在书页里压平，蝉翼般透明、轻盈，那是童年可以炫耀的宝贝。

有一天，我们家来了一个陌生的叔叔，手里拎了一大包礼物。那个叔叔，戴着一副蛤蟆镜，穿着牛仔衣，看起来十分时髦。原来，那个叔叔是一个知青,下乡时受到过我爸的照顾。后来,那个叔叔返了城,特意回来感谢我爸。那个时候,交通十分不便利,从城里到乡下,每天只有两趟公交车。

黄昏的时候,我爸送那个叔叔回城里,大巴车来了,我爸伫立在站台上,使劲地冲那个叔叔挥手。那个叔叔说,金寿,你有空一定要来城里找我。我爸点点头。但是,我爸一次也没去找过那个叔叔。我爸觉得,人家落难时,不过顺手帮的忙,算不上恩情。既然那个叔叔现在已经是城里人了,那么人生的轨迹从此再无交集。

我清楚地记得,那个叔叔送的礼物里有一袋大白兔奶糖。淡蓝色的糖纸上,画了一只大白兔。那只大白兔,竖着长长的耳朵,仿佛要从糖纸上跳下来。那时候,大白兔奶糖是十分稀罕的,只有秀琴家吃得到。秀琴是街上的女人,嫁给了村子里的志寿。她的妹妹在上海。有一回,秀琴去看妹妹,回来后跟村子里的人说,上海有摩天高楼,柏油马路,还有小轿车,一溜烟跑来跑去。还有许多好吃的好玩的,都是我们所没有听过的见过的。

啊,我听了真是向往,心想,城市一定是个百宝箱,我长大了也要去城里,去上海。秀琴掏出一把大白兔奶糖分给我们。秀琴说话的腔调,阿拉阿拉的,有一点像上海人了。秀琴的房间,挂着淡绿色的窗帘,上面绘了一枝粉红的芍药。靠窗有一张米白色的写字台。写字台上,放着一块玻璃。玻璃下压着照片。那是小镇照相馆里拍的——照片上的秀琴,戴一顶黑帽子,脸上蒙着白纱,很妩媚地笑着,看起来像一个大明星。

那时,黑白电视机播放《上海滩》,女孩子迷恋赵雅芝演的冯程程,男孩子迷恋周润发演的许文强。这么多年过去了,当年的赵雅芝,已是六十岁的老太太,风姿依旧不减。发哥也已经变成了一个沧桑的大叔。那天,看到一则发哥的报道,说是发哥把一生演戏赚来的钱,都捐掉了,足足有56个亿。发哥没有闹过绯闻。花甲之年,过大寿,发哥找了一个很不起眼的餐馆，没有邀请任何人，只有发嫂和他两人，还有发嫂送的一块小蛋糕。

电影里的明星老了，何况现实生活中的呢。当年的"女明星"秀琴，很多年前就搬到城里去了。搬家那天，村子里的男人都去了，回来说秀琴家的新房子，鸽子笼一样大，不过，里面有抽水马桶。

抽水马桶是个什么东西，村子里的人没见过。男人说，就是绳子一抽，撒的尿就从马桶里漏下去了。漏到哪里去了呢？女人们讶异。这个么，男人挠挠脑袋，也说不出个所以然。

我妈不许我们吃糖，尤其是大白兔奶糖，我们的小牙齿，一沾上大白兔奶糖就会蛀掉。有时一不小心，一颗摇摇欲坠的小牙齿，就黏在大白兔奶糖上了。我并拢双脚，踮起脚尖，把掉下来的小牙齿扔到房顶上。据说，这样长出来的牙齿才会整齐。我很怕会长一口歪歪扭扭的牙齿，多么丑陋。幸亏，长大以后，我的牙齿像贝壳一样整齐。

长大以后，爱臭美了，不吃大白兔奶糖了。当初多么稀罕的东西，后来只道是寻常。大白兔奶糖也不再是稀罕之物，没有人在乎大白兔奶糖了。可是奇怪的是，几乎所有的小孩子都贪恋甜滋味。吃到甜笑嘻嘻的。吃到酸，眉头皱成一团。女儿出生以后，我怕女儿蛀牙，把糖藏起来。女儿上幼儿园前，没吃过一颗糖，可是女儿上了幼儿园，有一天，有个小朋友送了女儿一颗大白兔奶糖。女儿回来告诉我，妈妈，原来世上还有这样好吃的东西呀。

于是女儿对大白兔奶糖一往情深，恨不得睡觉也抱一个奶糖罐子。我只好把大白兔奶糖藏起来，女儿表现好，吃饭乖，作业按时完成，就奖励一颗大白兔奶糖。女儿的一颗乳牙，蛀了一个洞，嘶嘶地疼。去医院，医生蘸了一点麻药，把她的小牙齿拔了下来。从此，女儿再也不敢吃糖了。

人生就是这样，好比一颗新牙长出来，势必要拔掉一颗旧牙。我长大了，母亲老了。女儿长大了，我也老了。

我已经很多年不吃大白兔奶糖了，不知道是不是因为年纪大了的缘故，对于甜味，已经起了腻。反而喜欢吃一点苦味的东西，比如，巧克力、茶和咖啡。那苦味在舌尖上轻轻一裹，回味过来的一点甜，也许这才是人生的滋味。

那天去超市，看到大白兔奶糖，买回来一看，糖纸上写了马大姐。那只兔子，变成了一匹小马，咧着舌头，biubiu朝你吐出爱心。剥开糖纸，往嘴里塞了一颗奶糖，仿佛不是记忆中的味道了。记忆中的奶糖，吃一颗，就让人欲罢不能。这世上恐怕再也没有能让我们吃了还想吃，欲罢不能的东西了吧。

所有想要的东西，都能轻而易举得到。所以失去了也不会觉得可惜。小时候的惜物之心，到了我们这一代已经荡然无存了。

现在，我的办公桌上，放了一个糖盒子，作为小朋友兑换积分的奖品。糖盒里有日本的巧克力，俄罗斯的太妃糖，还有玉米糖、牛皮糖、芝麻糖和大白兔奶糖。小朋友喜欢吃糖，兑到一颗糖，小白兔一样蹦蹦跳跳地走了。大概，只有小孩子，仍旧有这样纯粹和童稚的欢喜。

办公室有个90后的女孩子诗诗，从我的糖盒里掏了一把奶糖，说是冬天，吃上一颗大白兔奶糖，一颗心顿时甜滋滋的，仿佛没那么冷了。心情不好的时候，吃一颗大白兔奶糖，会觉得豁然开朗。

也许每个人，记忆中，都有一样食物，一个情结。譬如，大白兔之于我，紫砂壶之于你，绘画、文学之于他和她。

当我孤独、寂寞、感伤的时候，吃上一颗大白兔奶糖，予我许多慰藉。譬如这个冬日的下午，我独自一人，坐在咖啡店里，听一首怀旧的曲子，剥开一颗大白兔奶糖。那丝丝的甜意在舌尖上蔓延开来，慢慢地，一颗心，忽然变得舒缓了，柔软了，亦不觉得孤独、寂寞、哀愁和感伤了。

滚滚红尘，烟火俗世，亦变得可亲了起来。

一颗大白兔奶糖，甜蜜如恋人的吻。

我喜欢大白兔奶糖呢。有一次，去文君姐姐家，姐姐送了我一个糖罐，一大罐大白兔奶糖，还有两只景德镇带来的陶瓷小花瓶。姐姐难得与我们见一次面，每次见面，总是给我们带一份礼物，有时是一本书，有时是一个布包包。

有一次，和姐姐聊天。姐姐说，一个人，如果永远是个孩子，那是一件多么美好的事。只怕有一天早上醒来，你的心境，忽然到了中年，而你再也回不到从前的时光里去了。那些柔软、香甜、清淡、美好的滋味，你再也尝不出来了。

所以，不要抱怨自己永远长不大。如果到了白发苍苍的那一天，你依然还是一个小女孩。心中，仍有贪恋之物，世上，仍有眷恋之人，那是一件多么美好的事啊！

呵，到了白发苍苍的那一天，但愿我仍旧抱着一只糖罐。如果，你来我家做客，那么，就请你吃一颗大白兔奶糖吧，享受舌尖上蔓延开来的，那浓郁、温暖、甘甜、馨香的滋味。亲爱的，但愿你的人生也甜滋滋的，像一颗大白兔奶糖。

宝珠记

三年级的男孩，把我叫到走廊尽头，从口袋里掏出一串珠子，很神秘地说："这一串宝珠送给你……"

这串珠子，大大小小，扁的圆的，大的有纽扣那么大，小的只有米粒那么小，蓝白黄绿，颜色搭配得十分漂亮。只是穿得略微紧了点儿，刚好能套进手腕里。

虽然，这只是一串用塑料做的珠子，可是藏了一颗珍贵的心。啊，这简直是我迄今为止收到的最珍贵的礼物了。

我喜欢宝珠呢。我的第一串珠子，是番薯藤做的，紫色的番薯藤，折成一段一段，挂在手腕上、脖子上、耳朵上，长长的垂下来……那个爱臭美的小女孩，浑身"珠光宝气"，笑嘻嘻地坐在手搭的轿子上。拜天地，入洞房……童年，天地间一切皆是宝物，皆为乐事。

有一阵，千亩荡畔有一户人家，养了许多河蚌，据说那些河蚌里面，都有一颗珍珠。细细的沙粒，嵌在河蚌的肉里，分泌出神奇的汁液，有一天，打开来时，竟然变成了一颗璀璨的珍珠。那个养河蚌的人，把珍珠挖出来，大的论颗卖，小的论斤。据说，把珍珠磨成粉，吃下去可以美容养颜。村子里的女人，纷纷跑去买珍珠，每个人脖子上都挂着一条珍珠项链。我妈也跑去买了一条，挂在脖子上。我妈瞬间觉得自己是个贵妇人，走路也雄赳赳气昂昂起来了。

  我趁我妈洗澡时，偷偷地把那串珍珠挂在了自己的脖子上，伫立在鸳鸯镜（我家五斗柜上有面镜子，画了一对鸳鸯）前仔细端详，啊，那个镜中人，黑漆漆的眸子，轻轻笼了雾，含了愁。

  还有一阵，村子里流行绣花，在棉衬衣上、羊毛衫上绣一些珠花，那些珠子，五颜六色，大大小小，绣出一朵玫瑰，一朵芍药，好看极了。我从我妈的针线匣子里，偷了一把珠子出来，拿了一根红线，把珠子穿起来，挂在手腕上，打了个结。那是我人生拥有的第一串货真价实的手链。

  每年春天，奶奶都要去灵隐寺烧香，穿着藏蓝色的斜襟布衫，背着一只大口袋，一群老太太，坐水荣叔的水泥船，浩浩荡荡出发。我妈总要捎几个香火钱，奶奶呢，每次回来布袋子里总是装了一大袋东西：牛皮糖，水壶，还有一串项链。记得那串项链，奶白色的珠子，颗颗大小匀称、光滑，涂了一层荧光粉，底下有一个红宝石坠子，啊，菱形的红宝石，闪着夺目的光彩。项链后面，还有一个金色的搭襻，啪的一声，就扣上了。我细细的脖子上挂着那串项链，以为自己是倾国倾城的俏佳人。

  有一次，我走在路上，看见一颗闪闪发光的东西。莫不是一颗夜明珠？我蹲下身去，把它捡了起来。那是一颗鸡蛋般大小，淡青色的石头，摸起来很光滑。果真是一颗夜明珠吗？我想，如果晚上会发光，那么一定就是一颗夜明珠了。到了晚上，我关了灯，啊，它果真发出了淡青色的光芒。呵，且慢，我仔细一看，那淡青色的光芒，是从窗子的缝隙里透出来的。原来，那不过是一片月光。我的夜明珠，不过只是一颗普通的石头罢了。

其实，我从来没有拥有过什么宝珠，顶多有一些水晶，玛瑙珠子。那串水晶珠子，是男朋友送的，那一年，刚谈恋爱，男朋友去了海南，回来时，给我带了一串水晶项链，放在一个淡粉色的盒子里。男朋友像变戏法似的打开盒子，一刹那，我的眼睛被一束炫目的光击中。

男朋友把水晶项链挂在我的脖子上，在我的脖子上轻轻吻了一下，顿时，犹如被电流击中，浑身酥酥麻麻的，那初恋的滋味，一辈子都忘不了。

现在，那串水晶项链，仍锁在保险柜里，每次打开保险柜，看见那个淡粉色的盒子，我的心仍旧暖暖的。啊，它已经被岁月磨白了，那一条水晶项链，也失去了昔日的光彩。可我总觉得，那光芒在记忆中永不磨灭。

那一条水晶珠子，由爱缀成。一生中，后来再不复收到过这么甜蜜的礼物。

还有一串玛瑙，是有一次，去西塘，在一家名字叫"花制作"的小店里看见的。在看见的刹那，只觉似曾相识，取下来，轻轻套在手腕上，橘色的玛瑙，衬得手腕越发雪白，舍不得取下来。那个店里的女主人说，这串珠子，看起来与你有缘呢。于是，遂把那串珠子买了下来。

也许世上的东西，冥冥中，都有着神奇的缘分。我的首饰盒里，装了几串珠子，皆是从不同的地方买回来的礼物，在看见的一刹那，就喜欢上了，万水千山地带回来。有时，戴上那串珠子，仿佛觉得，我把万水千山之外，那个人的情谊也带了回来。

我还有一串珠子，是用菩提子做的。有一个朋友，家里种了一株菩提树。起先也不知道这是菩提，等有一日，开了花，结了果才晓得。朋友的母亲，爬上梯子采了一盆，用锥子，一个个挖了洞，然后用红线穿起来，做了十串手链，分赠给众人。这一串菩提珠子，淡灰色，有着富丽的花纹。每一次，抚摸着光滑的珠子，有丝丝凉意，沁入心里。穿一袭布衣，手腕上戴一串菩提珠子，恍惚觉得自己是植物一样贞静的女子。

世上最金贵的珠子，大约是金子做的吧，本命年，买了一串金珠子，用红丝线穿起来，用来辟邪。结果，才戴了两三天就掉了。看起来，我这个人与富贵无缘。

像我这样的手链控，买了丢，丢了买，算起来，买珠子的钱，可以买上一大颗钻石了。但我宁可买一百串珠子，也舍不得买一颗钻石。我爱宝珠呢。有时，我觉得自己是一个痴心人，喜欢的东西，总是买了又买。

手上这一串珠子，是一串紫色的水晶，有一天逛街，伫立在玻璃柜台旁，看到那串紫水晶，就再也挪不动脚步了，目光也变得痴痴的。世上尚且有所爱之人，痴迷之物，多好啊。这一串紫水晶，戴得久了，有点松掉了，有一天，珠子散落一地，于是我把珠子捡了起来，去珠宝柜台重新穿了一串。戴到手腕上，这才觉得心安。

也许宝珠，确实能够护佑一个人平安。记得有一年去青田，半路上，汽车忽然爆了胎，幸亏，手上带了一串佛珠，是寺庙里的住持送的，开过光。所以，虽然车子爆了胎，一车人毫发无损，我想，大概是得到了那一串佛珠的护佑吧。

那天，听一个朋友说，在马路上遇见了一个五台山的僧人，送了他一串佛珠，朋友收下佛珠，说谢谢，僧人说，不必谢，你可以化缘。朋友问，那要给多少钱呢？僧人说，给钱就俗了，朋友说，哦，那我应该化多少缘呢？僧人说，随心，随缘，朋友摸出来50块钱。僧人说，凑个整数吧。朋友说，我只带了50块钱现金。僧人说，可以刷微信、支付宝。于是，朋友掏出手机，微信又刷了50块钱。

回到家，朋友觉得这事有点蹊跷，一个五台山的和尚，怎么跑这么大老远？后来，在另一座城市，另一个朋友，也遇见了一个五台山的和尚，遭遇如出一辙。朋友这才疑心，那个化缘的和尚，未必是真和尚。

以僧人面目招摇撞骗，这才是令人唏嘘的吧。去寺庙，烧了香，师傅随手赠上一串佛珠，表示心意，这珠子，是沾了佛光的，能庇佑平安。若是那一串珠子，为了钱财身外物，我想，那未必是一串能庇佑人平安的珠子了。

世上的宝珠，无论蒙了尘，纳了垢，它仍旧是一颗宝珠。是珠子总会发光的，一个人，内心如有光华，那么，无论穿粗布衣裳，吃粗茶淡饭，也掩饰不住腹里的诗书，身上的气质。并不因他今日穿了一件破衣裳，而变成了一个莽夫。相反，一个平庸、俗气的人，也并不因为他穿了一件华服，打扮得珠光宝气，而变成一个高雅、高贵的人。

宝贝记

朋友送了我一个首饰盒，木头做的，雕了富丽的花纹。打开来里面有一个隔层，好几个小格子，隔层底下还有一个宝匣子。

小时候，我也有过一只宝匣子。里面几乎藏了我所有的宝贝：弹珠、洋片、塑料糖纸、棺材板、纸飞机，还有路上捡来的小石子、破铜烂铁……总之，那宝匣子很快就堆满了宝贝。哎，我很早就明白了，贪婪是人类的天性。世上的宝贝实在太多了，如果贪婪无度，不要说那一个小小的宝匣子了，就是一座房子也不够。

洋片是用来斗的，有香烟壳子折成的，也有从杂货店花了一角钱买回来的彩色卡片，放在水泥板上，用力一拍，洋片翻转过来，即可赢得一张。运气好的时候，可以赢个三五张，运气坏起来，手掌拍得通红，还是把一叠洋片全都输掉了，只好怏怏不乐回家。

隔天再去玩玻璃弹珠，发誓要把昨日输洋片之仇给报回来。趴在泥地上把裤子弄得到处是泥巴，这才赢回来几颗红红绿绿的玻璃珠子，用两颗玻璃珠子换了一大叠洋片，兴高采烈地收到宝匣子里去。

那把弹弓，是外公用一茬老树的枝丫做的，又牢固又耐用，捡了楝树的果子当子弹，瞄准院子里的鸡、鸭、一具石磨、一只水缸、一个稻草垛。梨子成熟的季节，也曾瞄准隔壁爷爷院子里的梨树，想把梨树上的果子打下来，却不小心打碎了他的玻璃窗。隔壁爷爷站在院子里，跳着脚，恶狠狠骂了半天小兔崽子，可是那个小兔崽子，终于还是没敢站出来承认。

有一天，老师布置写作文《诚实的孩子》，一拨人齐刷刷地写，如何垂涎隔壁爷爷的梨子，结果打碎了隔壁爷爷的玻璃窗，隔壁爷爷跳着脚骂人，吓得躲了起来，可是转念一想，好孩子要敢于承认错误，于是主动登门向隔壁爷爷坦白认错，隔壁爷爷夸我是个诚实的孩子。老师当场念作文，念了好几篇一式一样的，末了问，到底是谁打碎了玻璃窗？底下谁都不吭声。

老师把作文簿扔到地上，气急败坏道，夫子我怎么就教出了这么一群不诚实的孩子？

夫子姓陈，因口头禅之乎者也，故绰号夫子。夫子是我文学的启蒙老师，拜夫子的严厉所赐，十四岁时我的作文就开始在报纸上发表。除了那篇《诚实的孩子》，夫子给我的作文簿上打的全是优。

那本作文簿，后来亦被我收在宝匣子里。光阴荏苒，作文簿已黯淡发黄，夫子的话却仍犹在耳畔：写字如其人，为文先为人。

至于宝匣子里的塑料糖纸，是把吃过的糖纸捡来，洗干净、晒干，再放在书本里压平，集成花花绿绿的一大叠。太阳底下，那塑料糖纸闪烁着绚目的光彩。

那时的我有个宏愿，可以收集到世界上所有的塑料糖纸。为此我总是不辞辛劳地去村子里讨喜糖，有一次，在隔壁的杏村浜，遇见一个男同学。那个男同学的妈妈把喜糖塞到我手里，笑眯眯地说，丫头，长大以后给我儿子当媳妇好不好？

从此以后，我再也不四处游荡与闲逛了。我隐约觉得，那长大的一天，马上就要到来。

念小学五年级时，我在放学路上捡到一个宝贝。那是一块淡青色的石头，有一只鸭蛋那么大。我从来没见过这种颜色的石头，并且，它浑身圆滚滚滑溜溜的，像玉石一样闪闪发光。

这是一颗陨石么。还是一颗夜明珠呢。我四下张望了一下，路上一个人也没有。既然找不到它的主人，那这块石头当然就归我了。我兴冲冲把它捡回了家，放在宝匣子里。

这下，我算是拥有宝贝的人啦。我对弟弟吹嘘说，这是一颗陨石，来自一个神秘的星球，那个星球上的人喜欢收集伤疤，如果你有一个伤疤给他，他就会给你一个苹果。弟弟不久前摔了一跤，胳膊上有个大伤疤。他问我，姐姐，那这个伤疤外星人要不要？我说，等我去问下外星人再说吧。隔了一阵，我早把这件事情给忘掉了，弟弟又来问，我瞅了他一眼说，瞧，你的伤疤不是已经好了吗，那个外星人已经来过啦。那个外星人为什么不给我苹果？是不是被你偷吃啦？我只好支支吾吾胡乱搪塞过去。

过了几天，我又吹嘘，这是一颗来自东海龙宫的夜明珠，是东海龙王送给他最心爱的女儿小龙女的礼物。弟弟问，啥是夜明珠呢。我说，这个你也不晓得，夜明珠，顾名思义，当然就是夜里能发光的珠子。天黑的时候，我把夜明珠拿出来，黑漆漆的屋子里，果真它熠熠闪着光。

再仔细一瞧，却不过只是透过窗帘的一片月光罢了。

我捡到一颗夜明珠的事情，后来传得很远，邻近村子里的人都听说了。不过流传出去的版本是：青龙港某户人家的女儿捡到了一只金元宝。后来，那个女儿用那只金元宝换了一个大房子，一辆汽车，还有一个老公，住到城市里去了。

哈哈，村子里的人果然有丰富的想象力啊。

许多年以后，我在秦淮河畔夫子庙旁的小摊上，见到了"夜明珠"，淡青色，有一只鸭蛋那么大，十块钱一颗。我买了一颗带回家，放在书房的桌子上。当了我的镇宅之宝。

我的宝匣子里，后来陆续收过许多宝物。譬如，一枚香山的红叶。

火红的叶片上，用淡蓝色墨水写了几句诗：

一重山，两重山，山远天高烟水寒，相思枫叶丹。

那是李后主的诗，被一个少年，写在了一枚树叶上，寄到了万水千山之外。那个十几岁的少年，以为"相思"两字，是世上最深情的告白了。

还有一封泛黄的信、一支派克笔、一串水晶项链、一个银手镯、一对珍珠耳环、一枚钻戒。这些都是我的宝贝，在它们身上，都有一段记忆，一个故事，可以允许我重温旧梦。

那天与一个朋友聊天。朋友是个收藏家，又是一个极简主义践行者。这不是两相矛盾么。朋友说，其实没有。他的屋子里，并无太多东西。客厅里没有沙发，厨房里没有炊具。清一色的白瓷砖、地板。门口摆了一个石头佛龛。屋子里，不过数十件藏品：黄花梨摆件、良渚的陶、青铜器。每天，他就与这些木头、石头、青铜器说说话。他不是占有它们的人，只是一个保管员，暂时保管它们一段时间罢了。他终究要比它们先离去。

所以，不必占有。只是欣赏就好了呢。

世上的宝贝，不过只是暂时储存在我们身边罢了。古画、珠宝、钻石、和氏璧……无论多么珍贵的宝贝，有一天也会易主。

舍不得的，终究有一天要舍得。离不开的，终究有一天会离开。人生到后来，不过是在做减法。终须有离别的一天。所以不必有痴心与执念。那些宝贝，不过是在有涯的时间里，暂时陪伴我们一程罢了。

柴陵郁禅师有一首诗：我有明珠一颗，久被尘劳关锁。今朝尘尽光生，照破山河万朵。

世上的人，其实都有一颗夜明珠。这一颗夜明珠，不过被世俗的欲望和利益蒙蔽了，蒙上了尘埃。有一天，轻轻拂去尘埃，尘沙尽去，珠光四射，遍照山河如万朵花开。

朋友在那些宝贝身上，观照自己，窥见万物。一颗心变得自在、安静、淡然、洒脱。

一颗心若真是安静下来了，所见之物，皆是好物。所遇之人，皆是好人。这安静并不是隐遁红尘，消极遁世，而是对世界仍怀有无尽的好奇心，发自肺腑的柔情和爱意。

这一颗心啊，有一天，终将拂去尘埃，去看见、亲近山川日月，星河宇宙。

学琴记

小学校新来了一个音乐老师，姓唐，长头发，白皮肤，一双水汪汪的大眼睛，一笑脸上露出两个甜甜的酒窝。我们叫她糖果老师。

糖果老师来的第一天，就引起了轰动。几乎所有的学生都涌到办公室，挤在窗口。黑乎乎的小脑袋，快把玻璃窗挤爆啦。

小橘子，糖果老师会不会教我们啊？沈蕾问。

会吧，周老师生病了，估计她会来我们班代课。我说。

周老师是个五十多岁的老太太，长得极胖，又十分严厉。她弹奏风琴，就像拉破风箱似的，吱嘎吱嘎，一支好端端的曲子，被她弹得支离破碎。经常是我们刚唱了个头，结果，她弹错了，只好重新来过。背地里，我们都叫她周扒皮。几乎所有的老师都有一个绰号，譬如我们的数学老师，个子高，腿特别细，我们叫他长脚蚊子。

我和沈蕾窃窃私语的时候，发现长脚蚊子走来了。"嗖"的一声，我们像两只小耗子立马溜走了。

下一节音乐课，糖果老师果然走进了我们教室。"像一缕阳光，洒落我心底。"简陋的教室，忽而蓬荜生辉。就连沈涛这样的捣蛋鬼，也挺直脊背，坐得端端正正的。

糖果老师穿了一袭白裙子，一双红皮鞋，坐在琴凳上，她的双脚有节奏地踩着踏板，手指在黑白琴键上翻飞。悠扬的琴声，从窗户里飞出去。一支曲子弹罢，我们仍久久地沉醉其中。

于是，我们爱上了白裙子、长头发的糖果老师，爱上了黑白琴键，爱上了音乐课。

我想学弹琴。有一次下了课，我终于鼓足勇气对糖果老师说。

糖果老师笑眯眯地说，好啊，小橘子，放了学，你在音乐教室里等我。

我高兴坏啦。放了学以后，我去音乐教室，糖果老师果然在那里。

糖果老师打开风琴盖板（呵，那是一架古老的风琴，须踩踏板，才可以发出声音。）糖果老师轻轻踩着踏板，教我用手指按着黑白琴键。三个白色的是123，黑色的是4，接着三个白色的是567。

记住了么？

嗯。可是我的手指多么笨拙，一点也不听使唤。

糖果老师笑嘻嘻地说，别着急，小橘子，你第一次弹琴，已经很好啦。比我第一次弹得好多啦。

你第一次弹琴是什么时候？

五岁吧。我妈让我去学琴，记得那天穿了一件蓬蓬裙。琴凳比我还高。糖果老师比画了一下。

呵，我仿佛看见了那个穿着蓬蓬裙，坐在琴凳上的洋娃娃。

糖果老师是城里人，念了师范，分配到这所乡下的小学校。

那一天，我鼓捣了半天，终于弹奏出一曲《小星星》。弹毕，已是繁星满天。糖果老师说，哎呀，小橘子，这么晚了，我送你回家吧。

我说不要紧，我走惯了夜路，从学校到我家，穿过一座步云桥，再穿过一条田埂就到了。这条路已经走得烂熟,就是闭着眼睛也能走回去。糖果老师仍坚持送我回去,送到村口,我回首朝她看,她穿着一袭白裙子伫立在星光下,宛如一个仙女。

小橘子,糖果老师谈恋爱了。有一天沈蕾神神秘秘地跟我说。

和谁?

体育老师。

真的假的?

真的,我亲眼看见体育老师抱着她亲嘴了。

你瞎说。

真的,昨天放了学,我去糖果老师办公室交本子,亲眼看见的。

哼,体育老师是个大色狼。我气鼓鼓地说。

美丽的糖果老师,怎么可以被人亲嘴呢。

路上,遇见体育老师,我招呼也不跟他打一个,掉头就跑。体育老师一头雾水,不晓得哪里得罪我了。

我赌气不去学琴了。我跟糖果老师撒了个谎说,我身体不舒服。

小橘子,你感冒了吗?脸色这么差。糖果老师有点担忧地看着我。

我看着糖果老师,委屈地直想掉眼泪。

再后来,听说糖果老师要调回城里去了。糖果老师的爸爸,知道糖果老师谈恋爱的事,生气得不得了,非让糖果老师回城里。

可怜的糖果老师,眼圈红红的。那个体育老师,轻声安慰着她,这么大个人,怎么哭鼻子呢,像个小孩子。啊,不哭了,又不是以后见不着面了。你去了城里,我会来找你的。

真的?糖果老师抬起头。

嗯,我保证。体育老师微笑着说。

糖果老师破涕为笑了。

可是,糖果老师走了以后,我看见体育老师一个人伫立在校园里,高大的身影，特别孤单落寞。

这一刻，我有点同情体育老师了。

过了几年，学校来了一个新老师，长头发，黑眼睛，姓周。长得有点像糖果老师。体育老师热烈地追求她，很快和她订了婚。周老师教我们语文，给我们发喜糖。我接过喜糖，不知怎么心里难过极了。

我很想去质问体育老师，你的记性这么坏吗？这么快就忘记糖果老师了吗？

你是个不守信用的人。你保证过一定会去找糖果老师的呀。

糖果老师真是瞎了眼睛，会爱上你这个懦夫！

可我什么也没有说。

很多年以后，我在小镇上看见那个体育老师。他骑着一辆自行车，自行车后座上驮着一袋米，胡子拉碴。他已经变成一个平庸的男人了。

而糖果老师，在我心中，仍是那个穿了一袭白裙子，美目盼兮，巧笑倩兮的仙女。

关于学琴，其实还有一些后续。

话说我从糖果老师那里学到了一些皮毛以后，很是自以为了不起。

可不是么。周扒皮上课的时候，弹到一半卡壳了，我接着往下弹，一首曲子竟也很流畅地弹下来。周扒皮不可思议地看着我（啊，一个农村的小女孩，从没学过琴，怎么会弹琴呢），我差点跟她说，我是从2020年穿越过来的。哈哈，周扒皮一定会吓得眼镜从鼻梁上掉下来吧。

我筹划着弄一台电子琴。小镇上，有电子琴的人很少。好朋友周玲家有一台。有一次，我终于忍不住厚着脸皮问她，可不可以把电子琴借给我？

周玲很爽快地答应了。

一个月黑风高的晚上，我和弟弟去周玲家，把那台电子琴搬回了家。

于是我的那一间陋室里，流淌着悠扬的琴声了。

有时弟弟来捣乱，在琴键上乱按一气。

我教他弹琴，就像糖果老师教我一样。

中考填报志愿，我填了师范。面试有一个项目是用手指去琴键上跨八度。我的手指纤细、修长，很轻松就跨了八度。

念师范时，学校里有一个钢琴女王娜娜。第一次迎新晚会，她穿了一袭白裙子，坐在钢琴前，弹了一支《致爱丽丝》。真是艳光四射，收获粉丝无数。

我也是其中之一，晚会结束跑去找娜娜，问她，我可以学钢琴么？

娜娜说，当然可以啊。

但我最终没有学钢琴，改学了手风琴。音乐老师说，我更适合弹手风琴。也许他的言下之意是，钢琴是那些优雅、美丽的女孩子学的。而我并不是优雅、美丽的女孩子。

是啊，那一段时间，特别洒脱，特别不羁。

走路时，唱的是"风烟滚滚，唱英雄。四面青山侧耳听，侧耳听。"写的是粗犷的魏碑。

穿的是卫衣、卫裤。剃的是短发。一个如假包换的假小子。

但只有我自己晓得，大大咧咧的外表下，那一颗心，仍是多情的、敏感的、脆弱的、感伤的。

师范三年级，我抱着那一架手风琴和行李，坐上一辆大巴车，去一个郊区的小镇上实习。

暖融融的春光里，我搬了一只凳子，坐在花园里的一株红叶李下，弹的是一首《西班牙斗牛曲》。一个退休的音乐老师，从窗子里探出头说，小姑娘，吵得人睡不着觉啦。说完，却朝我嘻嘻笑了。

张老师邀请我们去他家里做客。一间陋室，玄关处有一架铮亮的钢琴。慰藉他寂寞的岁月。

那时，我和一个浙大才子通信。那个才子寄来一封信，问我能不能当他的女朋友。也许是骄傲,也许是矜持,我说,我们还是做好朋友吧。

那个才子,从此再没有给我回信。

那时不识人间愁滋味,却以为自己是世上最寂寞的那个人。

我的学琴记,终是半途而废。已经二十余年没有再弹琴了。不晓得今日的我,是否还能再弹一支曲子呢?

而这一支曲子,要弹与何人听?

蓝墨水记

我打翻了潘宇良的蓝墨水,并且把蓝墨水洒到了潘宇良的白袜子上。

那时,只有街上人穿白袜子。我的袜子是花的,脚趾上破了小洞。不止是袜子,我的布鞋也破了洞,简直羞死人了。我让妈妈去张喧的杂货店买一双小红皮鞋。那双小红皮鞋,我已经惦记很久啦。可是,妈妈始终没有给我买。

我只好努力攒钱,一个子儿一个子儿地攒。一双小红皮鞋二十块,妈妈每天给我一角钱,有时只有五分。我攒了足足有一年,终于,攒了一储蓄罐。

可是,我把蓝墨水洒到潘宇良的白袜子上了。潘宇良不吭声,只是一动不动地看着我。我被他看得有点发毛。难不成我脸上画了花?

呃,我会赔你袜子的。你的袜子多少钱?

我听见潘宇良嘟囔了一句:你赔得起吗?我的袜子很贵的。

多少钱?

二十五块。

不会吧。一双袜子，难道比我的小红皮鞋还贵？我才不信，明摆着敲诈我嘛。

信不信由你。反正我的这双白袜子，就是二十五块钱。

我捧出了储蓄罐。把底下的塞子拔了，哗啦啦倒出一堆硬币，数了半天，仍旧只有十八块二毛五分。

这是我千辛万苦，攒了将近一年，要买小红皮鞋的钱哪。可是，我把潘宇良的蓝墨水打翻了，并且把他的白袜子染上了蓝墨水，可恨的是他的白袜子还偏偏那么贵。我谁的袜子不好洒，偏偏洒潘宇良的呀。沈涛的袜子顶多两毛钱。况且，沈涛才不会要我赔。尽管他天天拽我的小辫子。可是，他不会这么小气。一双袜子，有什么大不了嘛。就是一双鞋也没什么大不了嘛。沈涛准会这样说，然后拍拍我的肩膀。再然后，忘掉这一茬。下次该拽我辫子仍拽我辫子。该喊我烂橘子仍喊我烂橘子。哎，还是别提了，反正沈涛也没皮鞋穿。

在我们班上，只有潘宇良有皮鞋穿。潘宇良是个街上人呢，成天穿一件白衬衣，白袜子，黑皮鞋，像个小开。平时不搭理人，就是现在，我把蓝墨水洒到他的白袜子上了，他也不搭理人。他就是这样一张冰块脸。

好吧，反正我只有这些钱。反正潘宇良的白袜子已经穿过了，折个旧，差不多也够了吧。我抱着储蓄罐去了学校。哗啦啦把硬币倒在课桌上。

干什么？潘宇良终于挤出了几个字。

赔你袜子。

算了，不用赔。说完，他又恢复冷冰冰的神情。

喂，姑奶奶我说赔就赔，少废话。我把硬币推到他的桌子上。

潘宇良皱着眉头，我说不用赔就不用赔了。说完，拿起书包走了。

喂，你不上课啦。

潘宇良头也不回。

有人看见一个穿得很时髦的女人把潘宇良接走了。

那个女人，烫着很卷的头发，像哈巴狗。皮肤白白的，眼睛水汪汪的。穿了一条红裙子，裙摆散开来，像一朵花。

那个女人是潘宇良的妈妈么。不像，谁的妈妈会这么年轻？

那是潘宇良的姐姐吧？可是潘宇良没有姐姐。

大家在教室里窃窃私语。终于，沈蕾这个八卦王爆了一条新闻，那个女人，是潘宇良的后妈。潘宇良的爸爸，找了一个年轻的女人。比潘宇良大不了几岁。听说，是一个城里人，要接潘宇良去城里呢。

啊。我们一声惊呼。潘宇良这小子，从此恐怕没好日子过了。再也穿不了白衬衣、白袜子和黑皮鞋了。说不定，他的后妈天天罚他跪在地上抹地板。

我不禁有点同情潘宇良起来。

我想，无论如何，我要赔潘宇良一双白袜子。让他带着那双白袜子去城里。让他在以后灰暗破败的日子里，依旧有一双簇新的白袜子可以穿。

我去张喧的店里，挑了一双白袜子，尽管只有两块钱。但已经是最贵的一双了。我让张喧用彩色纸把白袜子包起来，包成一件礼物的形状。又贴了一朵粉红色丝带拉丝的花。

潘宇良最后一次来学校，是办理转学手续。他走进教室，取出抽屉里的作业本，还有那一支钢笔、墨水瓶。

我把礼物递给潘宇良，喏，送给你。

这是什么？

临别赠礼。收下吧，好歹咱们同桌一场。记得回去以后才能打开哦。

潘宇良迟疑了一下，还是接过了礼物。

他取出那支钢笔，还有蓝墨水，放到我桌上，送你吧，作为回礼。

那是一支派克笔啊，太珍贵了，我死活不肯收。我说，就送我一瓶蓝墨水吧，我可以给你写信。你也是哦，到了城里，一定要把好玩的事情告诉我。

嗯。潘宇良难得地露出一个笑脸。

我用蓝墨水，蘸了一支鹅毛笔，给潘宇良写了很多的信，但是一封也没有寄出去。我忘记向潘宇良索要地址了。

那些蓝墨水写的字，静静地绽开在洁白的信纸上，像一朵蓝色的睡莲。

那是大海的蓝，天空的蓝，寂静的蓝。蓝得深邃、空旷、无边无际。

在流水的光阴中，我渐渐出落成了一个豆蔻少女。

妈妈陪我去宋师傅的裁缝店，做了一条白色的连衣裙，又去张喧的杂货店买了一双红皮鞋。我穿着那双红皮鞋，踮起脚尖，跳圆圈舞。啊，镜子里的少女，多么美丽。

但是，不知怎么，我心中有一点失落。那个穿白衬衣的少年。不晓得他现在在哪里，过得怎么样？当他拆开那份礼物，有没有惊喜？他有没有想起过那个穿花袜子，黑布鞋，露出脚趾头的女孩子呢。

那个打翻了他的墨水瓶，把墨水洒在他的白袜子上，一脸局促不安的女孩子。

那个临别时，鼓足勇气，赠他礼物，说要给他写信的女孩子。

那个穿了白裙子，红皮鞋，跳圆圈舞的女孩子。

他永远不会看见她蜕变成白天鹅的那一刻。

就像她永远不会窥见他人生中灰暗颓败的那一刻。

于是在记忆中，他永远是那个沉默、寡言，清高又骄傲的少年。

芳华记

师范三年级，我们去一个小镇上实习。一辆大巴车，拉了七八个人，以及三五架吉它、手风琴，还有行李箱，浩浩荡荡地穿过乡村公路，来到郊区一个名字叫新塍的小镇上。

那是一个很古朴的小镇，镇上有一座弯弯的拱桥，名字叫虹桥。虹桥旁边有一座寺庙，当地人叫它小蓬莱。我们的宿舍就在小蓬莱隔壁，一幢教工宿舍楼。一个单元有两户人家，总共五层。

房子很小，一室一厅。房间里靠墙各搭了一张床。现在想来，那房间真是挤，床一搭，几乎没有转身的空间了。墙上也发了霉——大约总是雨季的缘故。

我和丽萍住房间，客厅给丽华和淑芳。我和丽萍，一人一个床，我的床靠着窗口，丽萍的床靠里边。铺上床单、被褥，安顿好之后，我趴在床上用蓝墨水写信，寄给××。不久前给我写了一封信，问我能不能当他的女朋友。我其实很想告诉他可以。但不知怎么，写到纸上，竟变成了"我们还是永远做好朋友吧。"

写完信，折成千纸鹤塞进信封，无意中瞥见窗前有一株树，开了一树密密匝匝的花朵，又细碎又安静。淡粉中有寂寂的白。乍见即是欢喜。

我想，若在写信之前，瞅见这株花树，也许写在信上的就不是这个答案了。

但有些事情，是命中注定的。

遂下楼去采花，发现那一株花树上，贴了一块牌子：红叶李。把采来的花插在矿泉水瓶里，好似陋室里也住了一个春天。

好几天过去了，×并未给我回信，我想，我一定是伤了他的心了。我纠结着要不要重新写一封，向他解释一下。但我知道他这么心高气傲的人，一定连解释的机会也不愿意给我。

那时青春年少，什么烦恼转眼就忘掉。

一日春光灿烂，搬了一把椅子到花树底下拉手风琴，拉的是一首西班牙曲子。楼上有人探出身来喊，喂，小姑娘，吵得人不睡觉啦。

隔几日，在楼梯上遇见，他主动搭讪道，小姑娘，弹得蛮好么。原来那人是音乐老师，姓张，退休了，住在这里。

张老师邀请我们去他家喝茶。他的家，布置得十分简陋，不过是一个吃饭的木桌子，一个木沙发，几把木椅子。可是，进门的玄关处，摆了一台钢琴，黑色铮亮的琴盖，映得出人的影子。

张老师坐在钢琴前，弹奏一首曲子，我们伫立在他身后，轻轻地唱。悠悠的琴声，从那一间简陋的屋子里飞出去。

师母沏了一壶茶，拿了糕点分给我们吃。临走的时候，师母在一旁偷偷拉着我说，很多年没见老张这么开心啦。退休以后，他便总是寂寞。你们要经常过来玩啊。

有时，我们在屋子里拉手风琴，张老师也会过来，指点一二。寂寞的日子，忽而不那么寂寞了。

×没有再写信来。我想，他大概以后是彻底地不与我联系了。

窗外，那一株红叶。那一株红叶李，粉白、寂静的花朵，越发显得粉白、寂静了。

通常，我们步行去学校，再步行回来。黄昏的时候，几个人在虹桥边的一家小酒馆，点两个菜：韭菜炒蛋，酱爆螺蛳。偶尔也温一壶酒。吃完饭走回宿舍，途中不免推搡笑闹一番。

春夜寂寂，有时我走在月光底下，看那天上挂着一弯弦月，我不晓得那究竟是上弦月，还是下弦月，但就它那娇美的模样，就把我的心俘获了。心中隐约有了欢喜。

是的，那是一种褪去青涩，渐渐长大、沉稳的欢喜。

一天半夜，不知怎么醒了，白白的月光，照在地上，像撒了一层霜。披衣起来，蹑手蹑脚走到阳台上去看月亮。恍惚看见隔壁小蓬莱围墙顶上，有一个穿了袈裟的僧人，在寺庙顶上飞快地掠过。月光照耀着他身影，有一点清冷和寂寞。第二日，我去寺庙寻了一遍，并无那个僧人的踪影。我疑心，那一个高僧，不过只是一个梦境罢了。

丽萍和一个学长谈了恋爱。那个学长，比我们大两届，是大专班的。丽萍的眼睛，亮闪闪的，像镶嵌了两颗水晶。原来，恋爱可以让一个平凡的女孩子，变成一个仙女。我忽然有点嫉妒她，我还从来没有谈过恋爱呢，不知那是一种怎样的滋味。

很多的时候，我回到房间，丽萍和那个学长出去了。寒冷的春夜，他们手牵手，一点也不惧寒冷，心中有火苗在闪烁，在跳跃。

青春是这样鲜亮又可喜。

而我只是一个人，静静地伫立在窗前。那一株红叶李，繁花将尽，亦是一生中最好的时光。

实习结束前，老张请我们吃了一顿饭。老张穿了一件白色的衬衫，一身黑色西装，坐在钢琴前，弹奏一首曲子，我们几个实习生和着唱。

我一直记得那一首曲子，是李叔同的《送别》：长亭外，古道边，芳草碧连天，晚风拂柳笛声残，夕阳山外山。弹罢曲子，老张跟我们说了一些好好工作之类的话。

这么多年，我一直没有忘记老张。有一次去那个小镇，特意旧地重游了一番。那一座虹桥仍在，小蓬莱仍在，只是，从前实习的那个小学校，已经拆掉了。那一幢教工宿舍楼，也早已夷为平地。我伫立在小蓬莱门口，仿佛听见悠悠的琴声，从时光中传来。

不晓得老张搬到哪里去了，如果他还健在，应是一个八十多岁的老者了。

人生何其匆遽，花期亦然。不过才一两个礼拜，红叶李花就匆匆谢了，吹落了一地的花瓣。

当年那几个十八岁的女孩子，也早已在茫茫人海中离散。毕业以后，丽萍去了一所乡村小学。那个和她谈恋爱的学长，去了杭州。后来，丽萍找了一个男朋友，是个公司小老板，很快嫁作商人妇。听说，那个小老板待她不错，买了大房子，宝马车。那个一说话就会脸红的女孩子，穿着貂皮大衣，描着眉，敷着粉，化了浓浓的眼妆，不复昔日的清丽了。

有一次，走在大街上，见到丽萍，她夸张地大叫，笑着骂我，你这个没良心的家伙，怎么从来不联系我？我说，换了手机，把你的电话号码掉啦。我存了丽萍的号码，可是再也没有拨打过。似乎我们之间，已经没有什么话可说。

丽华倒是和我走得很近，当年我觉得她凶巴巴的。毕业后隔了几年，两个人被调到了城里同一所学校。我在小学部，她在初中部，在这一所几百张陌生脸孔的学校里，只有我们两个彼此最熟悉，自然而然地，两个人走到了一起。有时午休，丽华约我出去吃饭，去学校旁边的小饭馆，吃日本料理，韩国菜。两个人一边吃一边聊八卦，笑得呛出眼泪。有时也骂骂老公，说他们工作忙，不顾家，多亏娶了贤妻，不然鬼晓得这日子怎么过。吹吹牛，往自己的脸上贴贴金。

日子流水般地过去了，在流水般的时光里，我和丽华也一天天变老了。有时看着丽华，觉得她是一个镜中人。我和丽华，性格、脾气几乎完全不同，但是人生遭际十分相近，我们在彼此的身上，看见了自己的影子。

我们一起幻想有一个花园，于是去售楼处看房，买了一个有花园的房子。一起筹划着种一大片玫瑰、百合。一起带着孩子，去南京寻访六朝古都的遗迹，在秦淮河畔的铺子里流连忘返。去苏州平江路，穿行在那些古色古香的老宅子里，寻找一个消逝的旧梦。

当年凶巴巴的女孩子，越来越沉静温婉了。而我，仿佛仍是那个永远长不大的女孩子。

至于淑芳，后来跳槽去了外贸公司。据说闹过桃色绯闻。淑芳毕业以后，找了一个未婚夫，是个医生。结婚前，淑芳和学校一个体育老师好上了，那个未婚夫，跪在她面前，求她和他结婚。婚礼上，那个老师捧了一束红玫瑰，送给淑芳。卡片上写了四个字：祝你幸福。淑芳当即抱着玫瑰逃婚了，满座宾客哗然。我见过那个体育老师，个子不高，人也长得并不帅，不知怎么就俘获了她的芳心。也许感情的事，谁也没有对错。错的只是时间，不是遇见的太早了，就是太晚了。

当年，一起去实习的四个女孩子，早已过了芳华。可是某些过往，时至今日，仍像旧电影一样闪现在我眼前。

一个人的芳华，转瞬即逝。只是，那璀璨的烟花，一直在我们心底，轰然绽放。

小学校记

春夜多梦,且光怪陆离。梦到儿时念书的小学校。寂静的午后,一个人蹲在瓦砾旁玩耍,蝉声嘹亮,忽而集体噤了声。恍惚听见有人唤我的名字。那声音似曾相识,却一时想不起是何人。

穿过空无一人的花园、长廊,沿着木扶梯上楼,有卖糖果的女孩子,笑嘻嘻兜售五颜六色的水果糖。

水果糖要哇,草莓味,菠萝味。她脸上喜滋滋,一派天真烂漫。穿一条天蓝色棉布长裙,走路时裙裾带风。

一切是幼年时的光景。那一座旧时光里的小学校,尚且还是最早时候的样子。平房、黑色屋檐滴滴答答落着雨水。晴日,屋顶上摇曳着一茎草。

那一排平房是教工宿舍。屋前有一个小院,一张水泥乒乓台,栽了一株梧桐树。桐花万里路,连朝语不息。不见桐花,只见黑色的籽。风一吹,簌簌掉落下来。

礼拜日,我们偷偷溜进绿漆斑驳的铁门。去小院里捡梧桐子。

教我们语文的老师姓沈。独居，带两个儿子。大儿子沉默，小儿子顽劣。有时候放了学，沈老师在屋子里煮饭，用鸡毛掸子追着打小儿子。一记一记，啪啪有声。只觉她是极凌厉的人。

礼拜天，沈老师的屋子掩着门。里面煤炉上的水壶咕噜咕噜响着。她顽劣的小儿子，在廊檐下滚一只铁环。一圈又一圈，循环往复。窗前挂的那一只紫色的风铃，叮叮当当，发出恬然悦耳的声音。

沈老师瘦削、苍白的脸，突然从门背后探出。唤小儿子乳名。滚铁环的声响骤然停止。寂静的午后，唯蝉声炽烈，发出单调聒人的叫声。

捡梧桐子的我，慌忙逃窜，唯恐沈老师追上来。沈老师却一次也没有追上来。也许她并没有看见我，也许是故意放了我一马。

时隔多年，我师范毕业，探望沈老师。彼时，她的两个儿子各自成家，一个去了广州，另一个去了异国。只余她一个人独居在小城中。她早已退休，住在越秀路五楼一间旧公寓里。屋子狭小逼仄，客厅兼餐厅，摆了一张小方桌，两把椅子，几乎没有转圜的余地了。

沈老师留我吃饭。肉沫煎蛋，炒青菜。一只绘了牡丹花的小号电饭煲，水汽袅袅。沈老师的脸仍旧苍白瘦削，眉目却慈祥、温和。许是对从前的学生不曾忘记，仍旧惦记她感到欣慰。那一日沈老师说了许多体贴、温暖的话，嘱咐我好好工作。

再后来，沈老师去广州照看孙子。从此断了音信。

我一直记得她。记得旧时光的小院，水泥乒乓台，满地的梧桐子。隔了三十几载光阴，默片一样闪现。

捡回来的梧桐子扔到煤炉灶里，噼啪爆裂。烤熟的梧桐子有沁人馨香，似毛豆子。

这童年的馨香，隔了三十多年，依旧不曾忘记。它们炸裂、扩散、充盈、填满了后来的岁月。

五年级教我们语文课的是施老师。她是极美丽的女子，白皮肤，大眼睛。长长的黑发，瀑布一样垂下来。

那么美丽的女子，小镇上再也找不出第二个。

知晓她教我们语文兼班主任。大家叽叽喳喳，兴奋不已。

第一堂语文课，全班屏息敛声，正襟危坐，等着施老师进教室。

施老师不仅人长得美，文学功底也扎实，讲课时信手拈来，引经据典。不知不觉被深深吸引住了。

我们由此进入了文学的殿堂，看见了曼妙的风景。

班上每节课都调皮捣蛋的沈涛，也规规矩矩，认认真真地学习了。以前写作文交白卷。现在也绞尽脑汁写出一篇，忐忑不安交上去。施老师冲他温柔一笑，沈涛的脸霎时红得像一枚熟透的西红柿。

沈涛是一个有点邋遢的男孩子。穿皱皱巴巴的衣服，拖着长长的鼻涕，女同学都很嫌弃他，只有施老师对他很温柔。施老师表扬了沈涛，说是这次作文有进步了，字也写得比从前端正了。只要功夫深，铁杵磨成针。

沈涛听了施老师的话，一双眼睛亮晶晶的，闪烁着星河的光芒。

有一回，班上两个男生挤眉弄眼，窃窃私语说，施老师低头批作业，领子敞得很开，看得见乳沟。

于是所有的男孩子拥到办公室交作业。啊，一群小流氓。只有沈涛巍然不动，脸涨得通红，拳头捏得紧紧的。

当那两个挤眉弄眼的男孩子走过沈涛的课桌时，沈涛飞快地揍了他们一拳。他的力气贼大，两个男孩子龇牙咧嘴，鬼哭狼嚎起来。

沈涛被施老师请进了办公室。

你为什么打人？施老师颦着眉。

沈涛不吭声。

今天不说出缘由就不要回家。施老师撂下了狠话。

铃声响了，施老师上课去了。沈涛仍被罚站在办公室，时间一分一秒过去。他垂着头，绞着双手，看墙上的钟表走路。滴答滴答滴答。不知为什么，这一刻他心中分外安宁平和。

下了课，施老师回到了办公室。她已经知道事情的原委了。

她的脸红扑扑的，眼睛肿肿的，想必她已经哭过了。她拉着沈涛的手，轻声说，谢谢你。

沈涛缩回手，低着头。可是心里涌起了一股暖流。

那暖流击中一个小小的男子汉的胸膛。

他盼望着自己快点长大，成为一个真正的男子汉。当施老师的保镖，从此，天底下再也没有人敢欺负她。

从此，沈涛像换了一个人。他不再调皮、捣蛋，也不再邋遢。他把自己收拾得干干净净。上课专心听讲，积极发言，下课了也不出去玩，坐在位置上看书。他从全班倒数的差生，变成了一个挤入前三名的好学生。

所有的人都惊异他的改变。校长也夸奖施老师带学生有方。

只是，他看施老师的时候，眼睛不敢抬起来，脸涨得通红。

施老师呢，似乎也有点不好意思。

六年级时，我们班换了一个语文老师。姓周，短发，长得像个男孩子。大家纷纷嗟叹惘然，不过很快就适应了新老师。只有沈涛闷闷不乐。

他觉得遭到了背叛和遗弃。施老师丢下他不管了。他的一切改变，都是因为她。既然她不领情，那他就没必要改变自己了。

自那以后，沈涛恢复了调皮和顽劣，穿皱巴巴的衣服，拖着长鼻涕，作文又开始交白卷，成绩一落千丈。

并且，他和新老师叫板，唱对台戏。周老师对这个问题学生头疼不已。

有一天，他在走廊上远远地看见施老师。

施老师冲他招招手。他慢吞吞地走过去。

沈涛，你是个好孩子，并且很有天分，为什么不把自己的天分和潜力发掘出来呢？施老师温柔地说。

我……沈涛垂下眼睛，绞着双手。他很想冲施老师生气，为什么她丢下他不管了。可是，看着施老师那双波光粼粼的大眼睛。他发现自己没办法生她的气。

他只是羞愧地低下头。

你知道怎么做了么？施老师温柔地说。

嗯，我知道了。他轻轻抬起了头。

记住，在施老师心中，你是个顶天立地的男子汉。希望你能成为最好的自己。施老师轻轻地拍了拍他的肩膀。

像一阵春风，洒落在心底。他的心充满了欢欣和愉悦。

是啊，施老师依然喜爱他，不是吗？他冲施老师挥挥手，迈着轻快的脚步往教室里走去。

教工宿舍隔壁，有一间空房，里面摆了几匹木马、几张塑料垫。平日上了锁，上体育课时，体育课代表去老师那里领一把铜锁，啪嗒一声打开。孩子们冲进去搬木马、垫子。

这是童年最快乐的时光。那几匹木马，旧了、残了，下面的底座坏掉了。可是小孩子仍旧骑在上面。驾驾驾喊着。犹如骑着一匹威风凛凛的战马。

一匹木马，给予童年美好难忘的时光。

我总疑心那一间屋子是童话中的城堡。

那些木马，到了夜晚会奔跑起来。还有柜子里断了胳膊的木偶，娃娃，会说话，跳圆圈舞。

一年级期末，别的同学在教室里考试，我和四五个同学被允许骑一节课木马。我们年岁太小，将留一级。可是谁也不在意未来如何。我们只醉心雀跃于眼前的欢喜。

再长大一些，仍旧顽劣。夏天中午午睡，偷偷从绿漆斑驳的铁门溜出去，去蔡家桥堍底下的桥洞里乘凉。脱掉塑料凉鞋，把脚浸在沁凉的河水里。

蔡家桥堍下住着蔡医生，是小镇的头牌医生。有时看见他提着一个铝制水壶浇花。他穿着白衬衣，蓝裤子，极温文儒雅。我那时候暗暗地想，长大了若是一定要嫁人，那就嫁给蔡医生吧。

恐怕蔡医生永远不会知晓一个小女生对他暗生的情愫。当她长大了以后，她亦早已忘记了他——一切过往不过是水上的波纹，明镜里的光与影。

只是她至今仍记得那时与她要好的几个小女生：丽娟、学琴、玲英、周莹，相簿里有一张彩色照片，五个女孩子，齐刷刷的蘑菇头——一个剪了蘑菇头，另四个效仿之。第二天去学校，同学们戏称五朵金花。

有一天放学，五朵金花沿着河滩一直往南走，在芦苇荡深处看见一座小庙。庙中供奉着关公，手持大刀。五朵金花齐齐跪下叩拜关老爷，愿结义金兰。

那时候终日游荡与闲逛，少年不识愁滋味。只觉世上一切皆新奇、有趣，太阳明晃晃，暖风熏熏然。而今三十好几，则知明多之处暗亦多，欢浓之时愁亦重。

曾离散的人，有一天又重逢。曾忘记的事，有一天又记起。念念不忘，反复回忆。一如他人之事，他生之事。

然而总有一些记忆留驻在时光中。令我欢喜，落泪，惆怅，惘然。

亲爱的，茫茫人海，终将有一天与你离散。

然而童年不会消失。爱与慈悲亦永不会消失。

第二辑　玫瑰记

玫瑰记

  我第一次见到玫瑰是在集市上，一个变戏法的人，手里拿着一块绸手绢，轻轻一折，再对折，打开，变出来一朵玫瑰。
  那朵玫瑰，粉红色的花瓣，层层叠叠，长长的淡绿色的茎，是用铁丝弯的，外面裹着一层塑料。尽管只是一朵塑料玫瑰，但也是我见过的第一朵玫瑰呀。那个变戏法的人，把手绢轻轻盖在玫瑰上，再打开时，里面飞出了一只白鸽，那是一只真的白鸽，扑扇着翅膀飞走了。
  我不禁看得呆掉了，原来，世上还有这样奇妙的戏法。我悄悄地跟着那个变戏法的人，走了很长很长一段路。那个变戏法的人终于发现了我，他蹲下身子，从他的匣子里拿出那朵玫瑰，转过身对我说，小姑娘，天快黑了，快点回家去吧，别再跟着我了。喏，这朵玫瑰，送给你吧。
  那个变戏法的人说完，加快步子，很快消失在小路的尽头。漆黑的夜里，我一个人坐在草丛里，手持一朵玫瑰。妈妈找到我，把我紧紧地搂在怀里，说，小橘子，吓死妈妈了，妈妈以为你被坏人骗走了。我跟着妈妈回家，像个木偶一样，我的心跟着那个变戏法的人一起离开了，从此万水千山，浪迹天涯。

我把那朵玫瑰藏在袖子里，用一块白手绢，对折，再对折，迅速地从袖子里拿出玫瑰，轻轻打开手绢，变出了一朵玫瑰。可是我的戏法这样拙劣，那些眼尖的小伙伴，一下子就看出来，玫瑰是从袖子里拿出来的。况且，我也不能把那朵玫瑰变成一只白鸽啊。我沮丧极了。

有一天，村子里又来了一个变戏法的人，一块黑布罩在一个玻璃箱子上。打开黑布，里面赫然盘踞着一条蛇，啊，蛇身上长了一个美女的头颅。那条美女蛇，漆黑的大大的眼睛，嘴里叼了一枝玫瑰，邪魅地冲人笑着，看起来诡异、惊悚极了。

后来，那个变戏法的人带着他的美女蛇离开了。我在地上捡到了那朵玫瑰，它的花瓣已经凋谢了，被踩得七零八落。我一直忘不了那条被禁锢在玻璃房里的美女蛇，那邪魅、蛊惑的眼神。

世上果真有蛇蝎美人么？我暗暗地想。

念小学五年级时，学校来了一个美术老师，姓钱。听说，钱老师的妻子跟人跑了。钱老师郁郁寡欢，精神出了一点状况，去康慈医院治疗了一段时间，回来以后，校长让他教美术。大约是吃了药的缘故，他的身材发了福，他的脸也白白胖胖的，戴着一副黑框眼镜。

记得第一节美术课。钱老师手里拿了一叠白纸，对我们说，一张白纸，可以绘出世上最美的东西。下面，请你们自由地画吧。刷刷刷，我在白纸上画了一朵玫瑰。钱老师在我身后伫立了良久，轻轻地问，你喜欢玫瑰么？是呀，我笑嘻嘻地说。

哦。我的小院里种了一片玫瑰，放学后你可以去看一看。钱老师冲我温和地笑了。放学以后，我去了钱老师的小院，看见了那一片玫瑰。一切似曾相识，那朵玫瑰犹如杂耍人送我的那一朵，美女蛇嘴里叼着的那一朵。粉红色的花瓣，层层叠叠，它们在永恒的时光中，永不会凋谢。

钱老师的屋子，收拾得一尘不染，窗台上摆着一只阔口花瓶，插着一束玫瑰。他身上穿着一件干干净净的白衬衫。脸上的胡须也剃得干干净净。他的脾气那么温和，从不生气、发火……我想不明白，这样好的男人，他的妻子为什么还会跟别人跑了？

春光融融，我在钱老师的小院里画玫瑰。那一朵玫瑰，是童话里的玫瑰，小王子的玫瑰，遥不可及的玫瑰……我以为这样的时光会一直到永恒。直到有一天，村子里的秀琴偷偷拉住我，小橘子，那个老鳏夫有没有对你做什么？我怔怔地伫立在那里。

秀琴撇撇嘴说，他有没有对你动手动脚？譬如摸你，亲你之类的……啊，我诧异地看着秀琴的薄嘴唇，觉得她真是一个下流的女孩。我的脸顿时红了，跺着脚跑掉了。

我心里恨恨地想，钱老师才不是你们想的这个样子的呢。不许你侮辱钱老师。但不知怎么回事，自从秀琴对我说了那些话之后，仿佛有一条无形的绳索，把我拉扯住了。

放了学，我不再去钱老师的小院了，甚至遇见钱老师，我也假装没看见他。有一天，钱老师在走廊上看见我，亲切地问我：小橘子，你怎么不来画画啦？我没有回答他，只是飞快地逃走了。

春去春又来，玫瑰开了，又谢了，但我再也没有去过钱老师的小院。

很快，我上了初中，心无旁骛地念书，忘记了那一朵时光里的玫瑰，也忘记了钱老师。有一天，我听到几个同学聚在一起窃窃私语，好像隐约听到他们在说钱老师。那个老花痴，老流氓，冲一个女孩子动手动脚。校长辞退了他，美术老师也当不成了。哎，我只告诉你，不要跟别人说哦。

可是纸包不住火，秘密像长了翅膀飞出去。秘密不再是秘密，变成了流言。世上最伤人的是什么呢？枪支、弹药、箭镞，都不是，是流言。流言可以把一个人逼疯，杀死一个人。流言比世上最锋利的刀子还要锋利，它一刀一刀，割下一个人的皮肉、骨血、名誉、尊严……

那个被流言击中的人，很快就变得萎靡不振了，比起恶毒的谩骂，扔石头、臭鸡蛋，甚至真刀真枪，流言更可怕。那个人，想要躲进一座城堡，一个地窖，一只茧里。可是世上哪有一只温柔的茧啊，他只好一个人走在冷风中，裹紧了身上的黑风衣，转身走进那一片黑暗。

有一天，我在小镇的街角遇见了钱老师。他似乎更胖了，佝偻着腰，头发花白。穿着很不合时宜的衣服。他的步履，沉重而缓慢。在擦肩而过的那个刹那，我想跟他打个招呼，但他的眼神，只是漠然地看了我一眼，他已经不认识我了。我犹豫了一下，终于什么也没说，从他身边走过去了。然而这竟是永别，没过多久，我听说了钱老师的死讯。他用一条绳子，垂在梁上，套住了自己的脖子，上吊自杀了。

没有人在意他的离世，甚至有人说，这个老花痴，终于死掉了。仿佛死才是他最好的归宿。听到他的死讯，我的眼泪潸然而下。我一直很后悔，当年没有再去他的小花园画画，后来也从来没有再去看看他。还有在街角遇见的那一天，没有跟他打一声招呼。我感到深深的抱歉、内疚，觉得自己辜负了他。但我永远没有机会向他道歉，说一声对不起了。

现在，钱老师的小花园早已经荒芜了。那些玫瑰也已经凋谢了。世上再也没有一个痴心人了吧。

我想守候在那个暗夜的拐角，等待那个裹紧了风衣，走在黑夜里的陌生人，送他一枝红玫瑰。想必他一定会感到惊诧，甚至有一点惊慌，慌忙地摆手，说什么也不肯收下我的红玫瑰。

我会冲他微笑，告诉他，我的红玫瑰，没有刺。它不会伤害你。所以，请你收下吧。还有，你知道的，那些流言，轻得像一片羽毛，一枚落叶。就让我们像忽略一片羽毛，一枚落叶那样忽略它吧。忽略它的阴谋和诡计，忽略它兴的风，作的浪。让我们走自己的路，过美好的人生。

很多年以后的一个冬天，一个年轻人伫立在雪地里，手持一朵玫瑰。

不知怎么，我的眼泪掉了下来。我想起了那个变戏法的人送我的玫瑰，那条美女蛇口中衔着的玫瑰，那朵画在白纸上的玫瑰，还有钱老师的小院里的玫瑰。

这一朵玫瑰，种在我的心里已经很久了，茫茫人海，万水千山，终究有一天，那个人觅我而来。

亲爱的，我不想再与你失之交臂了。是的，在这一刻，我忽然想成为你永恒的爱人。直至时光之水漫上我们苍苍的白发。

亦舒写过一个玫瑰的故事，那个黄玫瑰，大大的眼睛，黑漆漆的，神秘而美艳，世上的男人，都为她倾倒，迷醉。如果说美是罪孽，那么玫瑰的罪孽，就是长得实在太美了，即使得不到，注定要失去，他们也心甘情愿，甘之如饴。那些疯狂地迷恋她的人，没有一个有好结果。可是，谁让他爱上她呢？爱情是一场飞蛾扑火，过于痴情的那一个，总会受到伤害。可是，纵然一颗心千疮百孔，他还是没有办法忘记她。

于是，他种了一片玫瑰，轻轻念叨着：我的玫瑰是独一无二的，风华绝代的。

再见玫瑰。

天使记

小时候，班上有一个女同学，长得极瘦，像一根甘蔗。好像是嫌自己长得太高了，所以走路经常弓着背。啊，可是弓着背还是比我们高出一大截。

我至今仍记得她的名字，莫翠英。

莫这个姓，班上有好几个，莫菲，莫小贤，莫婷婷，一个比一个洋气。还有诺贝尔文学奖得主莫言。总之姓莫的人，名字取得都不错。只有翠英这个名字，土里土气的。

翠英的脾气特别好，拖地、倒垃圾，什么事情她都抢着干，大家背地里叫她傻大姐。有时当面也叫，她也不恼，总是笑嘻嘻的。我们跳皮筋、扔沙包、玩老鹰捉小鸡，一般都不叫翠英。她那么高的个子，动作十分笨拙，极不协调。跳皮筋像在踩高跷。沙包朝她飞过来，明明向右躲，她朝左躲，沙包重重砸到她身上。老鹰捉小鸡，她当母鸡，一群小鸡跟着她仓皇奔逃。

有一次，沈蕾气急败坏道，怎么搞的，傻大姐，你是不是故意的？

没，没有……我，我真不是故……故意的。翠英涨红了脸，有点结巴地说。

傻大姐的名号，从此就叫开了。

那时候其实并不能理解，个子高给她带来的巨大的自卑感。有好几次，我看到翠英孤单的身影，伫立在走廊上。她走路越发弓着背了，简直像一只虾米。有人戏谑她是虾大姐。

有一次，我忍不住走过去，翠英，我们一起踢毽子吧。她仿佛受宠若惊：好，好啊。

我发现，翠英毽子踢得极好，一定是暗地里下了功夫了。她高高的个子仍旧很笨拙，但是毽子始终跟着她的脚，有好几次险些掉地上，也被她一一救了起来。

翠英，你的毽子踢得不错哦。我表扬她，就像表扬她背课文一样。我是小组长，负责检查组员背诵课文。翠英的课文，比沈蕾背得好多了。沈蕾仗着长得漂亮，课文背得一团糟，还想蒙混过关。我总是毫不留情地给她指出来。这下结下了梁子。她看见我和翠英一起踢毽子，阴阳怪气地说，哟，小橘子，和傻大姐踢毽子呀。

关你屁事。我头也不抬。

小橘子，你说脏话。我去告诉老师。

去呀去呀，要不要我带你去老师办公室。

翠英拉着我，小橘子，别，别跟她一般见识。

轮到你说话了吗？沈蕾怒目圆睁，冲翠英呵斥道。

沈蕾的气焰简直太嚣张了。我跟谁一起玩碍你什么事了，还有，翠英有名有姓，你凭什么叫翠英傻大姐？

我就是叫她傻大姐怎么了？傻大姐，傻大姐。沈蕾跺着脚尖叫。

真是个疯婆子，不可理喻，我拉着翠英走开了。

翠英嗫嚅着说，小橘子，你不会得，得罪沈蕾了吧。

得罪她咋啦？她以为自己是女王呀，呸，偏不，我小橘子早就看她不顺眼了，无理取闹，以为世上人人宠她，以后有她苦头吃。

翠英和我成了好朋友。翠英一家信基督。她每个礼拜都要去教堂祷告。

那座教堂，就在小镇上。尖尖的屋顶。唱诗班的歌声从尖尖的屋顶上跑出来。那些小孩子打扮得像一群天使，背上装了两个翅膀，在教堂里飞来飞去。

有一次路过教堂，我从窗子里望进去，看见翠英在弹琴。她的背挺直着，修长的身影映在窗子上。

悠扬的琴声，从那一扇玻璃窗子里飞出去。

原来你会弹琴啊。我见到翠英，笑着问她。

翠英的脸红了，其实不会啦，只会弹一首《蒙恩的人》。

哈，弹得不错哦。我忽然像发现了新大陆似的，翠英，你说话不结巴啦。

翠英疑惑地说，是，是吗？

哎，你刚才明明说得很溜。现在怎么又……我替她着急起来。

小橘子，谢，谢谢你。

翠英就是这么温柔，永远不会令人讨厌。

后来，我发现考试前，翠英在胸前画了一个十字，说一句，上帝保佑。

哎，上帝怎么可能保佑考试得一百分。

小橘子，不许胡说。翠英堵住我的嘴。

我忘记了翠英是一个虔诚的基督徒。

有一次，翠英给我吃一种咖啡色的棒棒糖。她说是教堂里的主分的。她说，凡是做了错事的人，到主那里去忏悔，就能得到原谅。

主是谁？

主就是耶和华啊。愿主保佑你。阿门。

哎,阿什么门。我只知道芝麻开门。

奶奶信佛,我们家是不信基督的。再说,我可没做过坏事、亏心事,也不需要获得谁的原谅。再说,真的做了坏事、亏心事,就是获得了原谅又能怎样?

翠英说起发生在她家的那些神迹。翠英的祖父去世那天,有人看见她家的房顶金光闪闪。两个天使穿着白衣,扇动着白色的翅膀,自金光中飞来,把他祖父指引上天空。

两个天使飞走以后,屋顶上的金光骤然消逝。

我特意去了翠英家里,那一间平房看起来破破烂烂的,绝无天使降临过的痕迹。

可是翠英指着屋顶,无限神往地说,那两个天使就在屋顶上。

她的眼睛亮闪闪的,小橘子,你知道么,天使还有一个好听的名字,叫安琪儿。

安琪儿,嗯,真的很好听耶。我默默地念着那个名字。

念了初中以后,翠英的身材照例很瘦,可是有一种少女的纤细、秀丽。她的皮肤白如凝脂。眼睛黑漆漆的,笼了淡淡的雾。

我惊讶地发现,丑小鸭翠英现在变成了白天鹅。

翠英坐在窗子前弹奏《蒙恩的人》时,有许多人围着窗户看。

小镇上的年轻人,鬼鬼祟祟去教堂,混进唱诗班,为了一堵翠英的风采。

翠英的名字似乎也变得美丽了。大家都叫她翠翠。

有摩托车风驰电掣地带着翠翠去舞厅跳舞,去迪吧蹦迪,去城里吃夜宵。

再见翠英,翠英变成了一个我所不认识的女孩。

耳朵上打了一排耳洞,挂了十几个银耳环。化了烟熏妆。睫毛密得像一把刷子，又如蝴蝶扇动的翅羽。

翠英还有另一个名字：安琪儿。

呵，果真是一个可人的安琪儿。

就是这个安琪儿，在学校里掀起了一场大风暴。两个男孩子为了争当她的男朋友，在校门口打架。一个拿刀捅了另一个。据说，当时安琪儿在一旁，淡淡地说，谁赢了我就当谁的女朋友。那个肚子被捅了一刀，肠子都露在了外边的男孩子，抱着她的腿说，安琪儿，我可以为了你豁出我的命，你愿意当我的女朋友么？安琪儿皱了皱眉，说，不可以。

血咕咚咚地冒出来，男孩子快支撑不住了，却仍心有不甘地问，为什么？

因为你输掉了。安琪儿坐上胜利者的摩托车，绝尘而去。

那个倒在血泊中的男孩子，最后因为失血过多，不治身亡。

警察通缉凶手。很快抓到凶手，也传讯了安琪儿。

警察问，既然当时你在场，为什么见死不救？

可是那个安琪儿，那个始作俑者，一脸的漠然，我为什么要救他？

警察摇摇头说，如此蛇蝎心肠的女孩子，还是第一次见到。太可怕了。天使的面具底下，有一颗魔鬼的心。

安琪儿酗酒，去迪吧吃摇头丸，和一群小流氓鬼混，从此沦落成堕落天使。

有一天，我回到小镇，看见沈蕾。

当年长了一张苹果脸，人见人爱的沈蕾，长成了一个胖妞。开了一家杂货店，看见我，追出来喊我，硬塞给我一包话梅，一瓶橘子汽水。

小橘子，你听说翠英的事了吗？沈蕾神秘地对我说。

什么事？

她去KTV坐台，被警察抓进了监狱。

啊，当年那个甘蔗一样，瘦瘦高高，弓着背走路的女孩子，是怎一步一步走到人生的泥潭和深渊里的？

那个眼神清亮，像安琪儿一样温柔的女孩子。那个弹奏电子琴，唱着《蒙恩的人》的女孩子。那个在胸前画十字，说上帝保佑的女孩子。

上帝并没有保佑她。

我的耳畔，犹自响起翠英说过的话：凡是做了错事的人，到主那里去忏悔，就能得到原谅。

那么，上帝会原谅她吗？

但我不是上帝，所以我永远无从知晓答案了。

裁缝记

　　小时候镇上有个裁缝，姓宋，大家都叫他宋师傅。宋师傅长得白白净净，只不过瘸了一条腿。那时候，踩缝纫机须用脚踩。宋师傅的腿，瘸得并不那么厉害，还可以踩缝纫机。哒哒哒，哒哒哒，马达的声音特别欢快。宋师傅坐在那里，谁也看不出他瘸了一条腿。

　　上帝在关上一扇门的时候，给他打开了一扇窗。真是这个样子的呢。宋师傅的衣服做得绝了。眼睛往你身上一瞄，就把尺寸量出来了。村子里的大姑娘小媳妇，不乐意去别的裁缝那里做衣服。那些裁缝的手不老实，往胸上一搁，明明知道被吃豆腐了，又不好意思讲出来。

　　只有宋师傅，大大方方的，就是目光也从不逾矩。

　　一个小镇，怎么会有这么温和干净的男人啊？每次见了宋师傅，我的脸便有些发烧。如果长大了要是一定要嫁人，那就嫁给宋师傅吧。我暗暗想着，于是盼着快点长大。

　　只是没等到我长大，宋师傅就娶了妻子。宋师傅娶的并不是小镇上的女人。小镇上的女人嫌弃宋师傅瘸了一条腿。她们轻轻地叹气：这么

051

好的一个人，怎么就坏了一条腿呢？说罢，吃吃地笑起来。这些叹气的女人，无一不做过嫁给宋师傅的梦。可是最后她们终究仍是嫌弃他。宋师傅似乎对一切无所察觉。三十多岁的男人，仍是光棍一个。可是宋师傅仿佛一点也不着急。

爱情是讲究缘分的——缘分来了，挡也挡不住。

有一天，小镇上来了一个苏北女人。那个女人一脸惊惶，据说是从江苏那边逃来的。她说，她爹欠了赌债，要把她押给一个满脸横肉的麻子。她死活不肯，坐了一辆大巴车，逃到了我们这里。

这个女人走了半天，又饥又饿，晕倒在宋师傅的裁缝铺前。

宋师傅手忙脚乱，熬了米汤，喂给女人喝。女人悠悠醒转过来，看见一张白白净净的脸——一刹那，芳心暗许——呵，就是他了。这一辈子，就赖定他了。宋师傅起身去给女人拿毛巾。女人这才看清，这个玉貌朱颜的男人瘸了一条腿，心里顿时生出了几分怜惜。女人的眸子像一口深潭，一动不动地盯着宋师傅。

宋师傅的白脸，忽然飞了一抹红晕。宋师傅对女人说，你住一晚，明天早上就走吧。

女人佯装恼怒，为什么赶我走？

宋师傅期期艾艾道，不是怕别人说闲话吗？

什么闲话？你未婚，我未嫁。看谁敢说闲话。女人狡黠地说。

宋师傅垂下头，盯着自己的那条跛腿，你以后会后悔的。

不，才不会。女人笑嘻嘻地说。

宋师傅从柜台上扯了几尺红布，做了一件嫁衣。女人穿上那件嫁衣，和宋师傅拜了天地。

那件嫁衣，绘了龙凤呈祥的图案，复古的盘扣——每一颗都是宋师傅亲手做的。小镇上的人从未见过这么美丽的新娘。那些暗地里喜欢过宋师傅的女孩子，心里隐约有了那么一点嫉妒。

街坊邻居吃了宋师傅的喜糖，纷纷松了口气，就怕自家的女儿脑袋一昏，铁了心要嫁给宋师傅——宋师傅好归好，终究是个跛子。村里的阿四，虽长得丑了些，性子也莽撞，好歹做钢材生意，身材又魁梧。还是挑阿四当女婿好。

宋师傅娶了新娇娘，裁缝铺焕然一新。宋师傅的新娇娘，名字叫小曼。宋师傅的裁缝铺，挂了一块匾额，匾额上写了几个烫金的字：小曼裁缝铺。字是宋师傅亲手写的。看不出来，宋师傅除了会做衣服，还会写字。宋师傅的字清瘦，有风骨。

小曼姐姐是个不一般的女子。会弹琴、沏茶、写字、画画。小曼姐姐有一本笔记簿。上面画了一些裙子。小曼姐姐画一条，宋师傅做一条。新裙子做好了，小曼姐姐当模特。小镇上的女孩子，纷纷去裁缝铺做花裙子。小曼姐姐穿什么，女孩子们也穿什么。

宋师傅的裁缝店，被人挤得水泄不通。很多人来看小曼姐姐。小曼姐姐穿上宋师傅做的旗袍，柳叶眉，水蛇腰，像从画报上走下来的。一个这么美丽的女人，怎么肯嫁给一个瘸子呢。镇上的男人心里颇有些不平。那些男人，看小曼姐姐时，目光有了那么一点放肆。甚至有登徒子，悄悄给小曼姐姐递纸条。约她黄昏后在环秀桥畔的柳树底下见。月亮升起来，那个登徒子果然出现在环秀桥畔的柳树底下。却不知，兜头兜脑被泼了一盆冷水。那个登徒子落荒而逃，从此对小曼姐姐再不敢生出非分之想。

宋师傅娶的是一只母老虎。可不是么。小曼姐姐属虎。宋师傅做了一对虎头鞋。笑嘻嘻地说，母老虎要生小老虎喽。

小曼姐姐扔过去一对鸳鸯枕，哼，谁是母老虎？

宋师傅举起爪子，佯装讨饶，求母老虎开恩，饶了小的吧，小的只是狐假虎威。

哈哈，那就饶了你。

自从娶了小曼姐姐，温和、寡言的宋师傅，好似换了一个人。这个人，会说会笑，那些绵绵的情话，滔滔不绝地从他嘴里说出来。

宋师傅说，小曼，你是我的月亮。

隔了一天，宋师傅又说，小曼，你是我的太阳。

小曼姐姐笑弯了腰，宋玉良，你可以当一个诗人了。

宋师傅说，我本来就是一个诗人嘛。我要写一百首献给小曼的情诗。

小曼姐姐的眼里就含了泪：谢谢亲爱的宋。

宋师傅一直想不明白，小曼为什么要掉眼泪？后来，他终于明白，原来，小曼心里怀着愧疚。或许那一刻，她对他生出了真心。

有一天，宋师傅的裁缝铺来了一个凶巴巴的男人。那个男人，满脸都是麻子。他叫嚣着，秀琴，你给我出来。

宋师傅说，你找错人了，我们这里没有秀琴。

那个男人推了宋师傅一把，滚开，瘸子。

小曼姐姐从里面走出来，苍白着一张脸。

那个男人，看见小曼，一双手扳住小曼的下巴，臭女人，我找了你大半年。说完，啪啪两下打了小曼两个巴掌。

小曼的脸上，五个触目惊心的手印。

宋师傅拿起拐杖，去打那个麻脸男人。麻脸男人夺过拐杖，要打宋师傅。

小曼姐姐拖住了麻脸男人，不是跟你回去嘛。我收拾一下。

宋师傅傻了，痴了，小曼，你是我妻子啊。

麻脸男人笑了，瘸子，你听清楚了，这臭婆娘可不叫什么小曼。她叫秀琴，是我的婆娘。

宋师傅的脸，刷一下白了。

原来，她不是小曼。那么，他的小曼去哪里了？宋师傅跌跌撞撞走出裁缝铺。好半天，等他回来，裁缝铺里已经空无一人。

小曼，不，秀琴，还有那个麻脸男人都不见了。

一起不见的还有他抽屉里的存折。那是他攒的积蓄，想要送给小曼和尚未出生的孩子的。

只有那双虎头鞋，还放在床头。

很多年以后，宋师傅仍会想起那个叫小曼的女人。

他不相信，她骗了他。

也许，她只是他的一个梦。宋师傅想，一定是的，方才，他靠着缝纫机打了个盹，现在醒转过来了，屋子里不过只有他一个人。哪来的小曼？

可是，他抬头，看见了一块匾额。匾额上，写了烫金的大字：小曼裁缝铺。

他记得，那一日，是何等欢喜地写了这几个字。他想起了她皎洁如月的脸。她吃吃地笑。还有，她的眼泪。

呵，小曼。小曼。宋师傅低低地，痛楚地呼唤这个名字。

宋师傅的裁缝铺，后来又开了很多年。当我从外地念书回来，去了一次宋师傅的裁缝铺。做了一件白衬衣，一条黑布裙。宋师傅的缝纫机，已经换了电动的，裁缝铺里有个学徒。是个与我年纪相仿的女孩子。不知什么缘故，我总觉得有点似曾相识。她和小曼姐姐，不，那个秀琴，眉眼有点相像。

宋师傅对那个女孩子说话的口吻，特别温柔。

我妈叹了口气，宋师傅这么好的男人，可惜一辈子要吃女人的亏。那个女孩子，看中的哪里是宋师傅哟，还不是宋师傅口袋里的钱。

一个裁缝，能赚很多钱么？我问。

那可不？凭宋师傅的手艺，做一件旗袍可以赚千儿八百。我妈说。

我没有说话。我想，宋师傅其实也没有吃亏。毕竟，他得到了爱情。无论是虚幻的还是真实的，至少，他曾经为爱痴迷过。

赌徒记

话说我们村子里是有一些赌徒的。平日里好吃懒做，以赌博为生。

我一直很纳闷，牌桌上就那么点钱，那些人每天赌来赌去，钱不过是从这个人口袋，落到那个人口袋。那些人又不工作，还要吃喝拉撒，到底他们是怎么活下来的呢？

看起来，赌徒自有赌徒的本事。

港台片里的赌徒有点像黑社会的老大，穿黑风衣，洗牌时，牌刷刷翻过去，令人眼花缭乱。不过，我们村的赌徒可不是这个样子的。我们村里的赌徒满脸横肉，又土又矬，嘴里镶嵌了一颗大金牙，并且还是个麻子。姓王，人称王麻子。

王麻子无妻无子，只有一副牌九。那副牌九就是他的妻。王麻子每天抱着牌九睡觉。大家笑他，王麻子，牌九比女人好吗？王麻子咧着大金牙笑，那可不。平日里，王麻子两眼无光，昏昏欲睡。上了牌桌，王麻子神采飞扬，好像换了个人。两只眼睛时而眯成一条缝，时而暴突出来。喜怒哀乐，全在一张牌上。

一张好牌送他上云端，一张臭牌送他下地狱。赢了钱，王麻子笑嘻嘻，给旁边看牌的人利是钱。若是输了，一声不吭转身就走。问王麻子输了多少钱。王麻子眼睛朝你一瞪，输个鸟，晦气。不能问老子赢钱了吗？告诉你，老子天天赢钱。没有一个赌徒说自己输钱。那么输钱的是桌子啰。众人嘻嘻笑。

王麻子赢了钱，笑嘻嘻去街上吊一壶烧酒，一碟花生米，坐在廊檐下，喝个烂醉。王麻子喝醉了，就唱《红灯记》，我家的表叔——声音吊得老高，一个村子都能听见他的唱腔。王麻子又在发酒疯了。唉，这个赌徒，没一天日子是安生的。我妈叹着气。

牌是害人精。我妈振振有词。把一个好端端的人，害成了一个瘸子。

我妈说的是福林。福林是我前表姐夫。当年，表姐嫁给他，也算郎才女貌。表姐美丽温柔，表姐夫勤劳肯干。两个人开了个小作坊，日子过得红红火火。赚的钱多了，渐渐就有一些吃吃喝喝的酒肉朋友。那些酒肉朋友聚在一起打牌九，给表姐夫下诱饵——一开始，福林表姐夫总是赢。酒肉朋友笑着说，福林有洪福，挡也挡不住。福林表姐夫哈哈大笑。下了大的赌注，岂料接下去每一把都输。输掉了口袋里的钱，向边上人借，那个人笑嘻嘻地借了。再接下去，输得昏天暗地，一败涂地。

赌徒两个字，既带了个徒字，身上就有莽撞、暴躁的因子，譬如歹徒、亡命之徒。

有一天，订单催货，表姐去厂子里找表姐夫。众人噤声。表姐这才起了疑，起先还以为表姐夫外头有了女人。谁知，推门进去，烟雾缭绕，表姐夫两眼通红，犹如困兽，瞥见表姐，竟挥起拳头。说是女人触霉头，难怪总是输——表姐气极，嚷嚷着要离婚。表姐夫一口答应，去民政局办了手续。分得一笔财产，不过两三个月，顷刻化为乌有。表姐夫如丧家犬，回去求表姐原谅他。当然不原谅——表姐锁了门。表姐夫砸窗，撬门。表姐终于报了警，警察把表姐夫带走了。那个赌徒，仍骂骂咧咧，说表姐绝情。对于赌徒，当然要绝情——表姐一个人经营厂子，后来成为闻名遐迩的女老板。五十来岁的表姐夫，走投无路，去城里当保安——有一次过马路出了车祸——表姐请护工去陪了一个月。噫，表姐夫出院，瘸了一条腿，又贫又丑。

我妈说，自作孽，不可活。又加上一句：可怜之人必有可恨之处。

说起来，我爸也赌过钱。有一年冬天，爸爸去卖冬笋，结果在路上遇见有几个人在斗地主，爸爸观看了一会儿，也押了注。先是尝到了甜头，小赢了几把，后来，每一把都输。到最后把卖冬笋的本金都输掉了。我爸两手空空回家，耷拉着脑袋，像只鸵鸟。我妈笑嘻嘻地掏我爸的口袋，可是把我爸的每一个口袋都翻遍了，一毛钱也没翻出来。我妈问，钱去哪儿啦？坦白从宽，抗拒从严。我爸只好老老实实地招供了。

我妈拿着鸡毛掸子把我爸狠狠地打了一顿。

我妈问，该打不？

该。

下次还去赌不？

不去了。

我妈说，拜托你长点脑子好不好？那四个人设了个局，下了个套，就等着你往里钻。你把钱输掉了，我们吃啥？要不你把门打开，让西北风灌进来，我们娘三个跟你喝西北风？

世上的事有好有坏，吃一堑长一智，从此爸爸一看到赌博就绕道走。

其实小孩子是天生的赌徒。童年的游戏，无一不与输赢有关。

小时候，我和弟弟玩弹珠。我们在地上挖了坑，手里夹一粒弹珠，射中哪一粒，那一粒弹珠就归谁。可是我的手气多半并不好，总是输。越急输得越多。我像只斗败的公鸡，耷拉着脑袋。弟弟倒总是赢。他尝到甜头以后，更着迷弹珠游戏。不过，总有输个精光的一天。

还有摔洋片、棺材板：往地上一掼，翻过来即是赢了。可以取走地上的那一张洋片、棺材板，否则即是输。输和赢，真的那么重要吗？我像个小小的哲学家，开始思考起来。

输赢在一念间，瞬息转变。昨日的赢家，可能明天就是个输者。成功和失败，一样可以转变。失败是成功之母。没有人永远会成功，也没有人永远会失败。纵使失败了也没有什么大不了，可以重头再来。悟到了这一点之后，我的心忽然变得豁然开朗，对于得失也没有那么在意了。

话说有一次去澳门，去赌场转了转。那些赌徒，坐在牌桌旁，桌上一大堆花花绿绿的筹码。穿梭在他身旁的是装了点心、饮料、美酒的托盘的美女。那一瞬，忽有不知今夕何夕，今世何世的醉生梦死之感。

也许，我们每个人都是赌徒，手中都有一个魔瓶，魔鬼就在瓶子里，只要打开了欲望的塞子，魔鬼就会从瓶子里跑出来。

须时刻提防，谨记：不去做欲望的囚徒。

做人还是清清白白，简简单单，老老实实，堂堂正正最好。

阴阳师记

  乡村多怪异之事。譬如邻居死去的小女儿，附身到八十岁的老阿婆身上。八十岁的老阿婆，鹰钩鼻，脸颊衰颓深陷，瘪着嘴。忽有一日，面色潮红，似有羞怯之意，用邻居小女儿的口吻，说出许多不为外人知的事情。那个小女儿的母亲，握着老阿婆骨瘦如柴的手，泪水涟涟。过了半晌，老阿婆悠悠醒转过来，并不知方才发生了什么事。

  又譬如乡下人认定不会说话的婴孩和黑狗，可以看得见煞气和鬼魂。若一个婴儿冲老人哭泣，老人惊惧起来——以为那婴儿在那张沟壑纵横的脸上窥见了什么天机。因此老人遇见婴儿，总要讨好一番，嘴里喔喔有声，逗弄逗弄小婴儿，直至那小婴儿咯咯笑才作罢。

  谁家接二连三有灾祸，牵一条黑狗去屋子里，若是黑狗吠叫，那一家即有污秽的东西。据说狗眼睛能看到灵异的东西。

  村子里的阴阳师，长了一双狗眼睛，能在黑夜里疾步如飞，如行走在白昼里。黑夜犹如一件抖开的斗篷，覆在房屋、树木、花草上，使一切事物隐去了形状。风凄厉的叫声，犹如鬼魅。祖宗坟地上的磷火闪烁……总之，因我们的眼睛在黑夜里不能视物，便以为黑暗中隐藏了鬼魅、危险与灾祸。

那个阴阳师，不仅能在黑夜里看清白昼之物，还能看见黑暗中潜伏的东西，出没的幽灵。呵，那个穿了白衣裳的女人，名字叫小芹，已经去世多年。当年因了父亲不同意她与一个穷小子恋爱，投水而亡。阴阳师走到河滩边的时候，小芹赤脚从河滩里走上来，她的头发仍旧湿漉漉的，海藻一样，四散垂下，脸色苍白，眼神幽怨。

阴阳师看着她像一团白影，飘到一户人家门口。穿过木门，进到庭院里去了。阴阳师记得，那户人家，正是当年那个穷小子菊生，后来发了迹，娶了一个娇妻。菊生的妻子，总是无缘无故生病，有时好端端的，忽然一口气接不上来就昏厥过去。醒过来后说，有人掐她的脖子。

菊生带她到处去求医，也没说清是什么病，医生只说是癔症。什么是癔症，就是有心魔。菊生的妻子，一直有一个打不开的结。她疑心那个落水的女人，带走了丈夫的心。她的丈夫，待她客客气气，相敬如宾。晚上经常一个人伫立在院子里，月光底下，他的脸上笼着一层柔和的光辉，似凝神望着一个人。

那个狗眼睛的阴阳师，看见了那一幕：伫立在院子里的菊生和小芹。小芹的头，依偎在菊生肩上。菊生似有所感觉，轻轻地侧着身子。小芹海藻似的长发，垂到菊生的布袍上。菊生在院子里站了许久，拈起衣袖，看见一滴晶莹的露水。呵，大约是在院子里太久了的缘故。

菊生起身回屋里，小芹也跟到门口。菊生进了屋子，开了灯。小芹这才伫立不动。鬼魂畏惧灯火。小芹在院子里徜徉了一夜，直到天色将白。这才恋恋怅怅地离开了。夜夜如是。真是一个痴情的女鬼。

菊生的女人再次发病，请了阴阳师。阴阳师一去，即见到女鬼小芹，龇牙咧嘴，用尖厉的十指掐着那个女人的脖颈。女人被掐昏了过去，女鬼抬头，幽幽一笑。

阴阳师道：小芹，你既已是鬼魂，与菊生阴阳永隔，何必再痴缠他？

小芹冷冷一笑：鬼魂又怎么了。难道当了鬼魂就不能再爱他了么？我们说好了生生世世做夫妻的。

阴阳师叹了一口气，对菊生说：看来小芹只有听你亲口说才会离开。

菊生惊疑地望了一下虚空之处，什么也没有。哪来的小芹？

阴阳师说，小芹就在那里，你现在告诉她，你已不再爱她。

菊生颇苦恼地望着阴阳师指的方向，犹豫着。

阴阳师说：要救你妻子，全凭你一句话。

菊生看了昏厥的妻子，终于往前一步："小芹，我已不再爱你。"

那个女鬼听了菊生的话，凄然一笑：早知如此，我不必为你投水。罢罢罢，你既已负心，我亦不会留情。说罢，那个亡魂化作一缕青烟消散了。

菊生的妻子悠悠醒转过来问，方才，方才我又被人掐了喉咙。

菊生握紧她的手，温柔地说，以后不会再发生了。

果真，后来菊生的妻子再也没犯病，身体一日日好了起来。菊生待她比从前温柔了许多，晚上也不去庭院里了。

有一次，菊生经过廊檐底下，看见一丛芙蓉花娇艳异常。花瓣上有一滴露珠，仿佛一滴泪。

菊生心中顿觉痛楚，轻轻唤了一声"小芹"。当下剧烈咳嗽起来，咳出一口血。

没过多久，菊生去世。那个阴阳师，在青龙湾的坟地上，看见了菊生和小芹。小芹凤冠霞帔，和菊生在拜天地。

看见阴阳师，两个亡魂冲他笑了笑。旋即，吹熄了磷火，隐没在黑暗中。

落水记

有一天我骑着自行车去上学，眼看快要到学校门口了，车笼头一歪，竟然连人带车翻到了学校旁边的一条小河里。说实在的，落水的那个瞬间，我念叨着完了完了，我可不会游泳啊，这回可非要淹死不可。

可是很奇怪的是，一落到水中我就站了起来，我发现水一点也不深，才刚没到膝盖。我扒着河岸上的石头一骨碌爬了上来，居然毫发无损。

这时，一个男同学恰好经过，看见我哈哈大笑。我低头瞅了瞅自己，白色的毛衣上，沾满了青苔和浮萍，甚至头发上也挂了一根长长的水草，不由得落荒而逃。

不晓得啥缘故，那条小河里经常有人落水，好端端走着，仿佛被谁推了一下，"扑通"一声就掉到小河里去了。因此有人就疑心是落水鬼捣的鬼。暗地里一查，还真查到一宗。

说是怀家埭有个五六岁的小男孩，掉到水里淹死了。这么说起来，就是那个小男孩捣的鬼咯。大约是那个小男孩的力气不够大，所以落水的人，都能自己爬上岸来。

这个说法未免令人有点毛骨悚然。

不过信的人并不多，尤其是我们这些唯物主义的中学生。我仔细查看了一下，学校背后那条小路本来就十分狭窄，快到校门口的地方，恰好有一个弧度，一不小心，车笼头一偏，自然就很容易掉到河里去。

世上哪来的鬼呀？都是人自己臆想出来的罢了。

奶奶却深信不疑。夏夜里，奶奶一边摇蒲扇，一边跟我们讲鬼故事。说是有个摇船的，夜里经过一个村子，听到水底下有人在磨豆腐。第二天，那个村庄里就死了一个人。又说，有个怀孕八个月去世的女人，埋到了棺材里，过了两个月，坟地上传出婴儿的哭声。还有人看见一个女鬼，长长的手指甲当调羹，喂婴儿吃米粉。

听得人汗毛竖立起来。

至于那水鬼，奶奶说，长得极美，站在水中央，冲岸上的人招手，不然村子里那个小伙子，怎么好端端就投了水呢？就是被水鬼给迷惑了呀。

那田螺姑娘是不是是个鬼？当然不是啦，奶奶撇了撇嘴说，田螺姑娘是个女神仙。迷信的奶奶从不吃田螺，甚至看见田螺还会拜两拜。奶奶还拜盘踞在碗橱里的水蛇，说那是家蛇，保佑祖宅平安。

也拜灶神、门神、二郎神、关公、土地爷等，各路大小神仙。既然得到了神仙们的庇佑，自然小鬼也就不敢欺负到她老人家头上啦。

爷爷不信鬼神，可是有一天夜里，我家的母猪生小猪崽，爷爷睡在猪棚里，半夜里连滚带爬跑了回来。爷爷说，他看见了一个女鬼，在房梁上。那个女鬼披头散发，只有一张惨白的脸，没有眼睛、五官。第二天早上，奶奶去猪圈，只见房梁上挂着一片白色塑料膜，随风漂浮，看起来可不就像一个没有五官的女鬼么。

不知怎么回事，我们家的男人胆子都特小。除了爷爷，还有我的外公、爸爸。有一次，外婆说起一则外公的旧事。说起来还是我家造房子那阵，外公半夜从我家赶回去，路过步云桥，总觉得后面有个鬼跟着他，外公走得快，那个鬼也走得快，外公走得慢，那个鬼也走得慢。

后来，不知外公哪来的勇气，回头一看，原来那个鬼是路灯照耀下自己的影子。哈，我的外公，真是个胆小鬼。

外婆把这件事情告诉我时，我听了真是哑然失笑。

爸爸也是个胆小鬼。我们家隔壁一个老太太去世，我爸回家去柴房抱柴，可是门却怎么也打不开了。我爸使劲推，可是那扇门背后好像有什么东西在顶着。不会是鬼吧？我爸吓得抱头鼠窜。回去跟我妈说，我妈找了根棍子去柴房。结果，门"砰"的一声打开了，从里面窜出个人影。那个人影跌跌撞撞，慌不择路。我妈仔细一瞧，这不是隔壁老太太的媳妇春花吗？春花是个傻女人，看见家里设了灵堂，挂了白布垂幔，烧起纸钱，还有和尚"嗡嗡嗡"地念经吓坏了，躲到了我家柴房里。

后来，我爸不怕鬼了。我爸说，世上的鬼大多是人扮演的，要不就是心里有鬼。

长大以后，又听过一些鬼故事，不过都有科学解释。

说的是某人去一个陌生之地，夜里听到一对男女说话的声音。那声音如此真切，仿佛就在耳畔。可是四周空无一人。那人遂毛骨悚然。后来，发现那声音的来源不过是一块神奇的石头。那石头不知何种缘故，与录音带的构造十分相似，录下了过去一对男女说话的声音，又不知何种巧合，竟自动播放了。

又譬如，一个古战场传来战马的嘶鸣声，亦不过只是悠久时光里的回声。一颗星星在宇宙里早已经陨落，但光芒依旧传递到我们眼里。一个人，也许在历史中湮灭，但留下的声音和气息亦因了某种机缘与巧合，再一次传递到我们面前。

至于鬼，只是我们内心的映照之物。

爷爷去世前几天，姑姑守夜。某一晚，在窗口看见一团朦胧的白影

065

飘过，姑姑恐惧万分，以为那是白无常。其实不过只是一团月光，或一个白色的塑料袋，被风吹起。但姑姑知晓爷爷大限已至，于是内心便幻化出了白无常的身影。

还有某个有钱人家的大太太，陷害死了姨太太，于是每次经过那个姨太太住过的院子，总觉得那姨太太的鬼魂在游荡。那个女鬼不过只是她的心魔。她杀了她，便以为她要来索命。

所谓"善有善报，恶有恶报。"

奶奶信奉"人做事，天在看"。奶奶茹素，不敢杀生，无病而终，是一个有福气的老太太。

到底做好事会不会得到福报呢？

有一次，一个朋友跟我谈起，他曾经救过一个落水的人。那时，朋友才十五六岁，有一天经过一个池塘，看见池塘里有个东西在动。朋友是近视眼，看不真切，凑到近处，只见水面上伸出一条胳膊。原来是个落水的人。朋友立马跳了下去，那个人紧紧抓住他，眼看两个人都要淹死。情急之下，也不知他怎么挣脱出来，抱住那个人的腰，把那个人推上了岸，后来，自己爬上了岸。

有人问他，为什么要救人？他摇摇头，一脸茫然，并非刻意要去救人，只是一种本能。

多年以后，朋友的老婆生孩子，挂青霉素。他回家去取东西，走到一半，不知怎么心里咯噔一下，好像听到一个声音在说，快回去看看你老婆。朋友立马折回医院，看到他老婆脸色惨白，已经说不出话来，朋友急忙召来医生，这才救回他老婆一条命。

朋友半路听到的那个声音，会不会就是他的福报？

另有一个朋友，跟我说起他十来岁时，有一天，和邻居一个小朋友去河边玩耍，两个人都掉到小河里去了。他不知怎么爬上来的，一点事情没有，那个小伙伴呢，呛到水，送到医院抢救。他瑟缩地躲在屋子里不敢出去，大人们也用指责、怀疑的目光看着他。为啥他好端端的呢？他多么希望，自己也能被送到医院里去抢救。

幸好，后来那个小伙伴转危为安，可是他一直觉得亏欠了那个小伙伴，及至多年以后，他当了一个部门负责人，那个小伙伴来找他，想为女儿谋一个工作，他想都没想就答应了下来。仿佛这样才能偿还当年欠下的债。

关于落水，前几天我还听到一桩事情。说的是隔壁村的两个十六岁少女，都是单亲家庭，一个爸爸是赌鬼，女孩向爸爸要生活费，爸爸不给，还骂她一顿。另一个，爸爸娶了继母，那天回家，爸爸和继母吵架，继母把一桌饭菜掀翻了。两个女孩子一边哭，一边打电话，约好了一起去跳河。后来，警察调出的监控显示，两个女孩子手拉手，纵身从一座桥上跳了下去。

既然死都不怕，又何惧活着？

也许是实在对这个世界失望透顶，找不到一条生路，内心又太敏感太脆弱。亲爱的女孩，只要再坚持一下，很快就长大了。世界这么大，何必让心灵只因禁于黑暗狭窄的角落？

世上有多少跨越不过的艰难与险阻，就会有多少大道与坦途。

有多少悲伤的时刻，就会有多少欢笑的日子。

所谓阴阳相生，否极泰来，就好比非要抵达峡谷底部，才能领略那幽静迷人、空旷绝好的景致。

一个人降生到这个世上，一定会吃很多苦，经历很多的疼和痛，但是，再苦、再疼、再痛，我们都要一步步往前走。咬咬牙，坚持住，也许有一天，就能来到人生的豁然开朗处。

胆小鬼记

我是一个胆小鬼。

我怕黑。晚饭过后，祖母吹灭油灯，小村庄陷进黑暗凄清的境地。祖母沙哑的声音响起，她讲起鬼故事——某男子走夜路，看见一女子曼妙的背影，遂跟她拐进幽深的巷子。谁知女子回过头来，露出狰狞的面目。男子吓得瘫倒在地。第二天路人经过，看见巷子里留着一只绣花鞋。

我紧紧蜷缩成一团，祖母呵呵笑着。祖母的面容忽然变得狰狞起来。有一阵，我疑心她是狼外婆变的，半夜会偷偷起来啃我的脚趾头。幸好幸好，次日清晨起来查看，十个脚趾头仍安然无损。

夏夜繁星漂来，祖母教我指认牛郎和织女。我央求祖母再讲鬼故事。祖母讲得哈欠连天，我听得毛骨悚然。黑暗中，看见一团黑影扑过来。仔细一瞧，是窗外的一株芭蕉——因为雨水充沛，它的叶子长得可不就像一个蒙面人似的。

我怕水，怕火，晕针，怕旷野，怕冥界。怕画像上那个戴着高筒帽的白无常，他看起来笑嘻嘻的。可他是阎王派来捉拿阳世人的鬼卒。

我也怕悲哀的人世。

村子里有个精神病患者，不发病的时候是一个顶斯文的青年。我去过他的屋子。我还记得翻过他的日记簿，至今仍记得结尾一句："祝爸爸万寿无疆。"他的老父亲，有一天得了重病，唯恐死后没人照料小儿子，临死前喂他喝下一碗甲胺磷。哥哥嫂嫂忧畏人言，嗫嚅着要不要叫救护车。爹爹呵斥道：不必了。我药死自己的孩子，谁敢说你们半个不字。

这是多么悲怆的一件事情。可是老人没有流露悲怆，他料理完儿子的后事，也安然闭上了眼睛。想来那个黑暗世界，因为老父亲的一片挚爱，他的小儿子仍会沐浴在光亮里。

我怕生，怕大嗓门。

小时候，妈妈生了小弟弟，把我寄居在外婆家。我躲在门背后，隔壁走来一个人，冲我打招呼。他的嗓门奇大，我被吓坏了，哇哇大哭起来。外公冲那个人吹胡子瞪眼睛。那个人无比委屈地说，坤林叔，我可是什么也没干，也不知这个小姑娘怎么回事？

总之，我一见到陌生人就想躲起来。

不敢一个人到外面去。

不敢凑近外公养的那群鹅。那群鹅会啄人！那群鹅欺负我胆小，追着我满院子跑。

外公说，小橘子，你的胆子肯定比别人小。若别人胆子是一颗橄榄，你的胆子就是一粒毛豆。

我也不知道我的胆有多大。可是不知怎么回事，我一看见陌生人，就像看见了大灰狼。一听到有人冲我说话，就两眼泪汪汪。远远看见一只狗，吓得立马就逃。外公说，小橘子，你越逃，那只狗越要追你。若是遇见狗，顶好的法子是站立不动。

于是，下一次遇见一只狗。我便站立在那里，一颗心怦怦跳着。幸好，那只狗摇着尾巴从我身边走过去了。外公说，瞧，小橘子，你不惹狗，狗便不会咬你，对不对？

好像真的如此。

我还怕蛇。那种淡青色，盘踞在竹林里的竹叶青。三角形的脑袋，"嗖"的一下，就窜到半空中，吓得我半条命都没了。外公笑嘻嘻地抓住那蛇的七寸，收入蛇皮袋。外公的绝技，听说是他的义父教的。外公的义父，一个人住在一幢破茅房里。外公小时候经常端些吃的去送给义父。

当年义父还是个中年人，穿着布袍，看起来平凡之极，可是却身怀绝技，尤擅捕蛇，无论什么蛇，一见了他即乖乖臣服在他脚下。外公的义父还识得解蛇毒的草。凡毒蛇出没之地，皆长着解蛇毒的草。世间万物，相生相克。义父对外公说。

说起来，那个义父还是外公的救命恩人。有一次，外公被一条毒蛇咬了，眼看小命呜呼，义父捣烂一堆草药，敷在伤口处。外公奇迹般地苏醒过来。三五日之后，即可下床蹦蹦跳跳地走路了。

于是外公拜恩人为义父。有一天，那个义父穿着一袭白衣，吟唱着"安得广厦千万间，大庇天下寒士俱欢颜"，从茅草房子里走出来，飘然而去。

外公冲着义父的背影跪拜，磕了三个响头。

后来，外公对我说，小橘子，你信不信，我义父是个侠客。

晚上，外公抱着一本书，凑近一盏油灯。油灯快要烧到外公的眉毛了，外公也无所知觉。外婆说，老头子，再这样下去，眼睛要瞎掉了。外公置若罔闻。我的外公，有一只藏书的匣子，里面藏了一堆书，什么《水浒传》《七侠五义》《三国演义》《西游记》，皆被翻得破破烂烂的。

后来我识字了，偷外公匣子里的旧书看。亦如外公一样看得如痴如醉。始知书中有一个奇异、瑰丽的世界。

外公笑嘻嘻地说，小橘子，你若是多读一点书，以后自然胆子就不会那么小了。并且，你将来会成为一个有勇气的人。

真的吗？我抬起头。

外公点了点头，冲我慈爱地笑了。

我的外公，一个古怪的老头子，赶着他的鹅，去了湖边。躺在草地上，用一顶草帽覆着脸。天上漂浮着白云，鹅的红掌浮在碧水之上，恍如一个梦。

梦里不知身是客。醒来方知，亲爱的外公、外婆已经过世很多年了。

外婆家的那间小竹屋，那群会啄人的鹅，竹叶里的蛇，狭路相逢的狗，也统统不在了。而我，再也回不到亘古的光阴里去了。

犹如外公所言，有一天，那一颗心渐渐长大沉稳，并且充满了勇气与力量。

念初中时，冬天下了大雪，去学校要过一座独木桥。桥上满是积雪，走不过去，只好四肢伏地爬过去。但我一点也不害怕了。

电闪雷鸣之际，我一个人在屋子里看书，心中并无惊惧。

甚至，一个人在黑夜里走路。

一个人坐长途车，去遥远的异乡。

一个人被推进手术室，剖腹生孩子。

不知不觉，我不再是那个胆小、忧愁、羞怯、畏葸的女孩子了。

亦不再怕陌生人。

有一天，我在马路上走，一个陌生人对我说，小姑娘，请问南湖怎么走？我把那个人带到站台，告诉他坐哪一路公交车，至某某站下车，再往里拐进去即是。那个人笑着向我道谢。

那个刹那，我真是感到由衷的喜悦。

呵，我终于不再是一个胆小鬼了。

第三辑　礼物记

过家家记

　　买了一个吧台，香柚色。配了两把椅子，一把墨绿，一把柠檬黄。说起来，从去年年底开始，陆陆续续地换掉了墙纸、窗帘、沙发和茶几。

　　家里焕然一新，当然啦，银子也损失不少。

　　这个爱捣腾的坏毛病，说起来要追溯到很久以前。大约我十四岁吧，爷爷奶奶由于腿脚不方便，搬到楼底下去住了。于是二楼的那一个房间就拨给我住。可是，老人家住过的房子，墙壁乌黑发亮，地板也脏兮兮的。

　　只好去油漆店买了一桶油漆。花了一个下午，刷了墙，又用清水拖了地板，晾干。

　　再去裁缝店里剪了几尺布，一块做了窗帘，还有一块，让裁缝店的宋师傅做了一床被套。

　　我妈走进房间，眼珠子都快要掉出来了。我妈说，天哪，小橘子，这是你的杰作吗？让妈瞧瞧，你是不是田螺姑娘变的？我妈围着我瞅了半天，忽然抹起了眼泪。我妈这是喜极而泣。家里一直没个像样的房间给我。我妈不说，但心里很愧疚。

这一次，我妈乐了。我妈信誓旦旦地说，小橘子，将来你一定能成为一个设计师。

我妈总喜欢夸大其词。譬如我跟她多斗了两句嘴，她就非说我将来一定能当上律师。我拿根树枝在地上涂鸦，我妈非说我将来能当一个画家。哎，可惜，迄今为止，除了爱折腾，我这个人一无是处，白让我妈抬举我了。

不过，我还是很会折腾的。那个房间不是还缺了一个写字台嘛。我妈骨碌骨碌转了下眼睛，指着柴房里一张黑乎乎的桌子，很大气地说，这个桌子就送给你吧。

那个桌子又破又旧，桌面上的红漆几乎都掉光了。本来是放在柴房里劈柴的。

我妈说，你别瞧这桌子丑，这桌子可结实着哪，再用个几十年都没问题。趁我没改变主意，快点搬走吧。

于是我假装怕我妈改变主意，飞快地把那个桌子给搬走了。其实，我知道，除了那个破桌子，我妈再也给不起我什么了。

我用刷子把那个破桌子刷干净，这下，老母鸡变鸭啦。那个破桌子，竟露出了好看的木纹。不过，桌面上被划了许多刀痕（劈柴劈的），怎么办呢，我只好自己动手，把它美化了一番。

我从张暄的杂货店里买回来一大张铅画纸，用双面胶粘起来铺在桌面上。这下，那张书桌立刻变成一张洁白的书桌。况且，在桌子上还可以随时记一些句子什么的，多方便啊。

过一段日子，那张书桌上就写满了字，画满了画。什么作息表、备忘录、爱心、笑脸、丘比特之箭，还有一行行酸溜溜的诗，真是应有尽有。

呵，夜深人静，我拧亮一盏灯，坐在书桌前，用鹅毛笔蘸了一点蓝墨水，刷刷刷地写信。

那时候时光仿佛无穷无尽，可以任凭我挥霍。

后来，他买了一个小房子，在禾平街。街两旁栽着法国梧桐。秋天的时候，梧桐树簌簌掉下来，像一群黄蝴蝶。

刚拿到房子，我们就搬了进去。去城北路的家具店，买了一张木桌子，四把木椅子，还有一个床垫。记得那个老板让我们去仓库挑床垫。那个仓库有个很高的顶，光线从顶上的玻璃窗落下来，尘土飞扬。那一刻，我仿佛觉得自己是一个灰姑娘，驾驶着一辆南瓜马车，像童话的城堡里飞奔而去。

我挑了一张天蓝色，绘满了星星、月亮的床垫。没有床架，那个床垫就放在水泥地上。没有门，挂了蓝印花布的门帘。没有地板，铺了泡沫拼图。

时光恍然如梦，住在小房子里的那两个人，也犹如是梦中人。

有一天，他笑嘻嘻地对我说，我们结婚吧。

我爱捣腾的老毛病又犯了，打算所有的家具让木工师傅打，款式呢，就由我自己设计。瞧我这个设计师，买了一本速写本，先画了一个酒柜，又画了电视柜、茶几、书架……总之，那些歪歪扭扭，尺寸、比例不对的柜子、书架，一个个从速写本上走下来出现在我眼前。

尤其值得一提的是我们家的餐边柜。不仅有抽屉有门，还有一块玻璃台板。四个角钻了洞，用螺丝拧起来。玻璃台板下，可以放打火机、盘子、杯子、杯垫、各种各样的小东西，又好看又实用。

千真万确，这是我设计的作品。

我几乎得意扬扬，觉得自己果真是一个天才的设计师。

他呢，也在一旁煽风点火，说是如果我改行的话，说不准还真的可以在设计行业大展拳脚。奇怪，他说话的口气怎么跟我妈一样？

在那个小房子里住了五六年，有一天，我忽然愁眉不展。他问，怎么啦？我说，这房子实在太小了，住着气闷死啦。他没吭声。可是过了一会儿，他手里拿了一张纸，纸上写着一则售房启示。他把售房启示贴到楼道里。

那天晚上，就有一对小夫妻来看房子，见到我那个餐边柜和书架，喜欢得不得了，当场就付了定金。于是，那个小房子就被稀里糊涂地卖掉了。

然后，就买了现在住的这个房子。这一次，请了装修公司。指明要在餐厅一角装一个吧台。房子装修好以后赫然发现，不知何故，那个吧台被pass掉了。去找项目经理理论，他倒好，推得一干二净，说地方太小了，做吧台太挤了，会影响美观。去家居馆，那里的吧台又实在太大了，只好作罢。一拖就拖了好多年。

那天，在朋友家偶然看到个吧台，小小的，又文艺又复古。问了链接，果断地淘宝了。吧台送来的那天，我在外地。他把照片发给我，呵，香柚色，真好看。并且一点也不占地方。平时既可以喝酒，又可以码字。

现在，这个小小的吧台在我家的位置，堪比上海陆家嘴了。

我一看这个效果，一不做，二不休，咬咬牙把厨房的台面也换掉了。换成了芙蓉红，那种淡淡的、芙蓉花一样的颜色。

又在爱室丽家居馆买了一个角几、一个深棕色沙发、一只白瓷花瓶、一大束白玫瑰。屋子里像是盛了一个春天。

可是仍旧不满足呢。那天去一个闺蜜家，看到她的花园，花园里种了百合花。回来以后，我冲他嘟囔，我想要买一个有花园的房子。

这下他傻了眼，无论如何，买房子不是买白菜呀。

反正我不管，我就是想要一个花园。

好几天，他都没吭声。过了几天，他拿了一张户型图。图纸上赫然有一个花园。

他说，你觉得这房子怎么样？

我眼睛一亮，偷偷朝他看，你要买这个有花园的房子么？

他点点头。

可是，钱呢？

这个么，继续卖房呗。把房子挂到网上，过了一个礼拜，就被一个上海人买走了。那个上海人说，一眼就相中了我家，因为转角那个吧台……

哈哈，果然是同道中人。

不过，我不能马上搬走哦，要住两年才行。

那个上海人想了想说，可以。那个上海人还说，他在上海静安区的房子比我家还小，已经卖到一千万了。他这辈子再也买不起上海的房子啦。所以，只好来我们这里买一个，十年以后搬过来住。

那个上海人一次性付了钱，我们去付了那个房子的首付。又在银行贷了一大笔款子，于是，我们又变成了超级大富（负）翁。

于是，我幻想着在那一片花园里，种一大片百合、玫瑰。

还有房子的地板，要铺成浅白色。窗帘呢，要淡绿色亚麻。风吹过，吹起一帘幽梦……

那天，看见女儿在玩一个木匣子。那个木匣子里面藏着一串珍珠手链、一管口红糖和一个拇指般大的洋娃娃。

也许，那就是一个小女孩最早的房子了。有一天，那个木匣子变成了一个房子，那个小女孩呢，也长大了，变成了妈妈。

世界就在一个小女孩的过家家里长大。

雪糕记

　　小时候的雪糕，有赤豆雪糕和娃娃雪糕两种。我们一般吃的都是赤豆雪糕，因为赤豆雪糕便宜嘛。一根赤豆雪糕五分钱。那个卖雪糕的人背着一个大木箱，箱子上盖了一条棉被。卖雪糕喽，卖雪糕喽。那个卖雪糕的人，背着木箱子走街串巷叫卖。啪啪啪，啪啪啪，那个卖雪糕的人，手里敲着一块木砖。

　　我们一听到响声，纷纷从屋子里跑出来，聚拢到那个卖雪糕的人身边。炎热的夏天，吃到一根雪糕，瞬间，那凉意沁入心扉，真是太舒服了。可是，雪糕怎么躺在棉被里呢？真奇怪呀。我们想不明白，棉被明明不是用来保暖的吗？雪糕躺在棉被里，岂不是会融化得更快？

　　隔壁的哥哥告诉我，棉花的孔隙多，填充着很多空气，这些空气可以阻止热量传递。隔壁的哥哥是个大学生，放暑假的时候勤工俭学，背了一只木箱子，挨家挨户卖雪糕。白皙的脸，晒得黑黝黝的。

　　隔壁哥哥的木箱子里，每天会剩下两三根雪糕，已经有点软塌塌了。隔壁哥哥把两根雪糕放在碗里，送给我和弟弟吃。虽然那雪糕很快就要化掉了，可是吃起来，滋味一点也没变。甜滋滋、凉飕飕的。我觉得，隔壁哥哥是世上最好的男人了。如果长大了，一定要嫁人，那就嫁给隔壁哥哥吧。

可是，隔壁哥哥大学毕业，带回来一个女朋友，很快结了婚。隔壁哥哥结婚的时候，我还去闹了新房。新房的墙上挂了一张巨幅彩照：隔壁哥哥穿着西装，打着领带，真是英俊极了。那个新娘子虽然化了妆，可是遮不住脸上的雀斑，鼻子也有一点塌。我一点也不喜欢她。因为她实在太平凡了。隔壁哥哥太好了，大抵只有仙女才配得上他。

新房里还摆着一台 21 寸的彩色电视机。一台录音机播放着郑智化的《水手》：他说风雨中，这点痛算什么，擦干泪，不要怕，至少我们还有梦……那略略有点沙哑的声音，不知怎么，令我的心有了一点苦涩。

很多年以后，听说隔壁哥哥在国企里当了一名高管，一年可以赚好几十万块钱。他穿着一件灰色的风衣，开着一辆宝马，看起来已经是一个成功的男人了。他那个平凡的妻子似乎更配不上他了，可是，隔壁哥哥依旧待她很温柔。

这个世上，恐怕再也找不出比隔壁哥哥更好的男人了吧。

那个卖雪糕的人，蹲在绿漆斑驳的小学校门口，孩子们一个个鱼贯而入。那个卖雪糕的人，卖的是娃娃雪糕。娃娃雪糕长了一张娃娃的脸，两个眼睛，一个鼻子，一个嘴巴，弯弯的，朝你笑呢。

我一看见娃娃雪糕，就再也挪不动步子了。我向妈妈要钱，妈妈没零钱，给了我一张一块的。我飞奔到雪糕摊，买了一支娃娃雪糕。笑嘻嘻地剥开雪糕纸，接过卖雪糕的人找的钱，一蹦一跳回到教室里。可是，吃完雪糕，我数了数找的钱，顿时傻了眼。那个卖雪糕的人只找了我三分钱。还有九毛钱哪。妈妈一定会打我一顿。我趴在桌上呜呜地哭起来。

这时，沈蕾走过来，问我怎么啦？我哭哭啼啼地把事情的经过说了一遍。沈蕾说，小橘子，走，我们找他去。可是当我们走到门口，却发现那个卖雪糕的人已经不在了。并且一连好几天，那个卖雪糕的人都没来。我想，他一定是故意的。虽然，他白白赚到了九毛钱，但是他失去了诚信和一个小女孩的信任。他失去的，远比他赚到的多。刹那间，我原谅了他，这个可怜的人。

至于什么时候，雪糕的品种变得多起来了呢。大约是从有了冰箱开始吧。我们家是村子里第一个买冰箱的，在当时是一件很轰动的事。几乎所有的人都来参观那台冰箱。我爸还当了解说员。把一杯奶粉放到冷冻格子，插上一根小棒，第二天，它就变成了一支雪糕。

真是太神奇了，那个冰箱简直会变魔法呢。夏天，爸爸去批发部批了一箱雪糕，放在冰箱里。我和弟弟像两只小蚂蚁，跌到了蜜罐里，真是高兴坏了。但是什么东西，一旦取之不尽，用之不竭了，反而就没那么渴望了。

有一支雪糕，名字叫"随便"。我觉得取这个名字的人真是个聪明人。有时，别人问我想吃什么东西？随便。可是世上哪有随便这样东西呢？一旦挑选的种类太多，太过芜杂，我们不免就眼花缭乱，犯了选择困难症。

雪糕的品种越来越多，我不再喜欢吃雪糕了，只喜欢吃冰淇淋。念师范时，我经常去鲁家里蹭饭。吃过饭，鲁从冰箱里拿出一串葡萄，洗干净，放在一只水晶碗里。再拿出一个冰淇淋盒子，用一个铁勺子舀出一个球，放在水晶碗里。我惬意地吹着电风扇，吃着冰淇淋和葡萄，和鲁聊着天，那真是一生中最好的时光了。

鲁是我师范里的文学老师。鲁的先生姓陈，是个海员，经常在外面。每次回来，都会跟我们讲一些航海故事和异国趣闻。后来，陈叔叔落地当了一名律师，我们也毕业了。鲁也搬到了嘉兴。我仍旧厚着脸皮去蹭饭。吃过饭，在她家的小花园里散步。那些日子，现在想起来，恍然如梦。

小时候的梦想，就是可以在冬天吃冰淇淋。有一次，女友请我去吃哈根达斯。那间哈根达斯小屋圆球状，像一个飞碟，里面的暖气开得很充足。令我无比感慨，冬天最美好的事情，除了围上一条烟灰色的羊毛围巾，就是在暖烘烘的屋子里吃一客冰淇淋了。

离哈根达斯不远的地方，十年前开过一家茶室，28元1位，冰淇淋不限量。那时，为了可以吃免费的冰淇淋，我经常去那家茶室。最多的一次，我一口气吃了七盒冰淇淋，吃得舌苔都变黑了，以为中了毒，于是跑去了医院。那个医生问清楚缘由，笑嘻嘻地说，不要紧，只是凉的东西吃多了，寒气太盛。回去喝一点蜂蜜就好了。记住，以后吃什么要有节制。

啊，犹如醍醐灌顶，那个医生简直是一个哲人。一个人做什么事都要有节制，有约束，后来我再也不去吃什么无限量的东西了，譬如自助餐。吃得太多、太饱，反而对身体是一种伤害。再好吃的东西，也不能多吃。

有一次，弟弟和老板吵架，一气之下炒了老板鱿鱼，跑到城里来找我。弟弟头发乱糟糟，满手都是油污，耷拉着脑袋。我带他先去理发店，然后去逛超市，买了一大堆雪糕。回到家，我在厨房里做饭，弟弟在客厅，一边看电视，一边吃雪糕。等我做好饭出来，弟弟脸上的阴霾已经一扫而空。不知是不是那几根雪糕消除了他的坏心情。

弟弟回去的时候，我在他的衣服口袋里悄悄塞了一千块钱。后来，弟弟去了另一家工厂，收入比原来翻了一倍。

其实人生并没有什么绝境，一个人心中的不安、沮丧和绝望，才会击败自己。

冬天去火锅店，吃到一道菜：火锅冰淇淋。冰淇淋外面裹了一层巧克力。滚烫的巧克力，忽然遇到寒流，瞬间冷却下来——一颗心猛然一紧，继而舌尖上蔓延一片清凉——人生的滋味，不过是冰与火，苦与甜。虽为两极，却可以随时转换。

古人早就说过了：乐极生悲，祸福相倚。

咖啡馆记

我去过很多咖啡馆，都在转角。似乎是因了那句"转角遇到爱"的歌词。譬如这家布朗，还有摩尔的那家良库，更早的时候，在禾兴路与城北路交叉口，有一家如果爱。那是一家很小的咖啡馆，是一个台湾人开的，只有十几平米，靠墙摆了几张木桌子，几把木椅子。一个小小的吧台，吧台旁有一排书架。书架上放了很多台湾版的书。

有一段时间，我经常去光顾那家咖啡馆，点一杯咖啡，坐一个下午。我一个人坐在咖啡馆里，看落地玻璃窗外的街景，像扑克牌一样，翻过来，又翻过去。

有一回，我和一个朋友约好了在那家咖啡馆见面。记得那天，我刚去了一趟台湾，有很多奇闻轶事，想要跟那个朋友说一说。

我坐在落地窗旁，可是等了很久，桌上的咖啡凉了，那个朋友还是没有来。我不免有点怏怏的，起身想要离开了。这时，朋友匆匆推门进来，见了我一直说抱歉。说了一百个抱歉，这才坐下来喝那杯凉咖啡。那淡淡的、苦涩的滋味，在舌尖上轻轻打了一个转，回味起来，略略有一点甘甜。

那个小咖啡馆外，有一个很小的花园，大概只有两平米。花园里栽了一株梨树，结了淡青色的果子。青梨吃起来有点酸，可是我很喜欢吃。我喜欢世上一切朦胧、青涩、酸酸甜甜的滋味。譬如薄荷、山楂、青梨。那是天真的小女孩的滋味。

有时，吧台旁的小女孩也会摘几个青梨，放在木桌子上的白瓷盘里，看起来很像是一帧静物。那个小女孩是嘉兴学院的一个学生，平日里下了课，在咖啡馆勤工俭学。暑假则是全天候的。小女孩说，那个台湾老板放暑假回台湾去了。这个咖啡馆除了供水电费，还有她的工资，其实并不赚钱。但是，台湾老板一直舍不得关掉它。他想让它一直开下去，就在那个拐角，让一些有缘的人，彼此可以相遇。让一些相爱的故事，在这里发生。

很奇怪，去了那么多次，我从来没见过那个台湾老板。我经常会在摩尔，遇见一个台湾人，五十来岁，穿一件烟灰色外套，背一个双肩包。他总是坐在靠墙的角落里，一个人，默不作声地吃饭、喝咖啡、发呆。我怎么知道他是一个台湾人呢？有一次，他见我的钱包掉在地上，捡起来对我说，女士，你的钱包掉了。他说话是典型的台湾腔，他的声音很温暖，略带磁性，我一直很喜欢这样的男人。

我不晓得，那个咖啡馆的老板是不是就是他。

后来，我搬了家。从禾平街搬到了摩尔。后来又搬到了城西近郊的地方。这十几年来，似乎候鸟一样一直在不停地迁徙。幸好，在这一座小城，最不缺的就是咖啡馆。每到一个地方，总有一个咖啡馆等着我。譬如，在摩尔，我经常去一家名字叫卡卡奥的咖啡馆，那是一个韩国人开的。咖啡馆装饰得很简朴，地上刷了一层烟灰色的油漆，墙上是裸露的水泥，钉上了木板当书架。摆放的书，大多都是心灵鸡汤类的，也有一些哲学、小说和散文。

那个韩国老板娘，烫着梨花头，眼睛弯弯的，一见人就笑。她的中文说得非常地道。有时，店里只有我一个顾客，老板娘会过来和我聊会儿天。但更多的时候，老板娘都在一刻不停地忙碌，不是摘几片薄荷的叶子，就是做她的花式咖啡。

夏天，吹着空调，喝着一杯冰咖啡，码着字，真是一种享受。有一次，老板娘送了我一盘水蜜桃。我左顾右盼，发现老板娘只送了我一个人，遂暗暗窃喜。那一盘水蜜桃，冰镇过，吃起来甜极了，好像撒了一把糖。

我的邻居兼老乡梅子，是个言情小说作家，几乎每天都会去泡那家咖啡馆，坐在靠楼梯旁那个座位上。我很少遇见她，大概是每次去的时间都不同，我一般都是下了班以后才去。而那个时候，梅子已经离开了。偶尔，我们也会在楼梯的拐角处相遇。彼此打个招呼，各做各的事。

在卡卡奥隔壁，有一家Tomyork，墙板是用老木头装饰成一块块淡黄色的砖，错落有致。角落里砌了一堵墙，绘着一座城堡。很像吸血鬼德古拉的那座城堡。天蓝色的窗子，尖尖的屋顶上涌动着瑰丽的云彩。

我坐在城堡底下的小沙发上，想着德古拉伯爵会不会从窗子里钻出来。

可是亲爱的德古拉先生，他从来没有一次出来吓过我。

每个星期天上午，我都会去一家名字叫良库的咖啡店。经常是一个人独坐在咖啡馆一隅，可是心里并不觉得寂寞。那个咖啡馆的比利时热巧克力很好喝。纯手工制作，味道十分浓郁。把巧克力融化，加入牛奶，打出奶泡，再加入一勺蜂蜜。趁热一口一口喝掉，那苦味之中的一点甘甜，在舌尖上辗转、留连，予人慰藉。

若是心情抑郁之人，喝上一杯热巧克力，恐怕会迷雾尽失，豁然开朗。

点一杯热巧克力，再加一块钱，可以送一袋面包。这一家的面包也与众不同，里面加了核桃、蓝莓和陈皮，吃起来有一股酒酿的味道。

清晨的咖啡馆只有七八个顾客，散落在角落里。大厅中央的几张木桌子，空无一人。我悄悄地观察了一下，那些先来的人，都会选一个角落的位子。

角落是安全的，适宜一个人发呆、遐想、伤怀、抒情。

我通常坐在角落的一个沙发上，看一会儿书，码一会儿字，不知不觉两个小时很快就过去了。到了中午，来咖啡馆的人渐渐多了起来，有时简直是人声鼎沸。我不得不起身离开了。

五四广场有一家咖啡店，名字叫"蜜有"。很奇怪为什么不叫"密友"或"蜜柚"。我喜欢那里深棕色的木桌子，还有木桌子上的蓝调玻璃瓶。瓶中插了几枝淡紫、浅绿的桔梗。还有那一首抒情、悠扬的英文歌也是我喜欢的。那个咖啡小哥扎了一根冲天小辫子，顶擅长制作清咖。

有一次，我去时，咖啡小哥正在制作一款"瑰夏"。对于咖啡，我完全是个门外汉，但是好的咖啡就算一个不懂的人，也能喝出好的滋味。一入口，只觉一片苦涩，可是回味过来，有一股柑橘的甜味。咖啡的回甘最耐人寻味。大抵好的东西，都是耐人寻味的。

月河有一家老木头咖啡馆。我喜欢老木头，那种暗哑的花纹，经历了沧桑的岁月。一块老木头，就是一则故事。老木头咖啡馆有驻唱的歌手，唱着罗大佑、赵雷的歌。如果想要在老木头聊天，那几乎是不太可能的。所以去老木头的大多都是情侣，两个人坐在那里，什么话也不说，就是彼此看一眼，也是满心的欢喜。

说到咖啡馆，不得不说一下星巴克。小城的第一家星巴克，就开在摩尔。有一段时间，我经常去星巴克码字，有时下了班路过那里，点上一杯焦糖玛奇朵，一块芝士蛋糕。一个人坐在角落里。有一天，一个朋友和我在咖啡馆见面，拿了一条阿玛尼的裙子送给我。我没有收，并不是因为那个礼物太昂贵了。只是因为它不适合我。朋友不知，其实一条棉布裙更适合我。

我喜欢棉与麻，那种松松垮垮的衣裳，一袭月白色、藕荷色袍子披挂在身上，以为自己还是春闺梦中人。

有一天，看到一则报道，在中国，扩张速度最快的咖啡馆就是星巴克。譬如这一座小城，短短几年又新开了四家，一家在旭辉，一家在万达，一家在八佰伴，还有一家在月河。几乎一个新的商业综合体开出来，就会开一家星巴克。

星巴克的咖啡很香，每次路过，我的鼻子就被那一缕香气牵着，再也挪不动步子了。但这两年很少去星巴克了。我喜欢去一些小资文艺的咖啡店，比如在富润路上，一间长满爬山虎的咖啡馆，那家咖啡馆除了制作咖啡，还兼教人插花。又譬如，晴湾旁边有一家动物咖啡馆。咖啡馆里有许多毛绒动物，大象、狗熊、猩猩、斑马。女儿很喜欢那家咖啡馆，好像在逛动物园，并且还可以和动物一起喝咖啡。譬如运河旁，有一家九月庭院。院子里花木蓊郁葱茏，咖啡的香气氤氲在时光中。

又譬如此刻，我坐在这一家名字叫布朗的咖啡馆里。这一家装修得十分简洁，裸露的水泥墙，顶上吊了几盏煤油灯。黑色的长长的灯绳垂下来，有一点怀旧复古风。另外，康乃馨是这一家的招牌花。每一张桌子上都摆了一个小小的玻璃瓶，瓶中插了一朵康乃馨，大红、淡紫、橘黄、浅粉……隔两三天，就会换一种颜色。

这家咖啡馆的吧台，是一个很大的圆拱形，几乎占据了半间屋子。吧台上砌了白色的瓷砖，大理石台板，摆着一个玻璃柜子，柜子里齐齐码着小森林，布朗尼蛋糕，还有一款名字叫冬日的蛋糕。

冬日，吃一个名字叫冬日的蛋糕，是不是十分有趣呢？

靠墙还有几个正方形的水泥花盆，种着琴叶榕、散尾葵和发财树。苍绿与烟灰，看起来又古朴又寂静。

落地玻璃窗外，种了一排法国梧桐树，穿白毛衣的女子从梧桐树底下走过去。

　　有时坐在咖啡馆里，觉得自己仿佛置身陌生之地。分明在烟火俗世中，可是又有淡淡的疏离。

　　我喜欢这样的下午，一个人坐在咖啡馆里，什么也不做，只是喝一杯咖啡，听一支英文歌，仿佛人生再也没有什么遗憾了。若是此生，我们爱过一个恰好年纪的人，喝过一杯香气浓郁的咖啡，看过一场璀璨绚烂的烟花，那么还有什么可遗憾的呢？

礼物记

英子的爸爸水荣叔，常年在外面开大船，每次回来都会买些小玩意，什么塑料发夹、洋娃娃、珍珠项链。英子接过这些东西，也不吭一声。倒是水荣叔有点尴尬。

有一次，水荣叔从杭州带回来一支派克笔，说是只要英子叫他一声"爸爸"，那支派克笔就归英子所有。可英子紧紧抿着嘴不吭声。不知怎么回事，英子的姑姑也从来不叫英子的爷爷"爸爸"。我看着那支金光闪闪的派克笔，在一旁干着急，恨不得替英子叫一声"爸爸"。过了许久，水荣叔轻轻叹了口气，把派克笔塞到英子手里。

英子不叫水荣叔爸爸，那她管水荣叔叫啥呢？我留心起来。有一次，我听见英子让水荣叔递给她一把木勺，她叫的是"哎"。水荣叔一声不吭把木勺递了过去。

还有一次，英子的妈妈让英子去叫水荣叔吃饭。英子走到水荣叔旁边，喊了声："喂，吃饭了。"水荣叔一声不吭地上了饭桌。

要是我叫我爸"哎"和"喂"，我爸不揍我一顿才怪呢。我天天嘴巴像抹了蜜似的，爸爸长爸爸短地叫个不停。我爸还在那里长吁短叹，说我们娘几个不待他好。我爸真是身在福中不知福啊。

那天回家，我打定主意再也不叫我爸了。我想，说不定时间长了，我爸为了我叫他一声，也会送我点啥好东西。可是不知怎么，没过多久我就忘掉了。我又爸爸长爸爸短地叫起我爸来。我爸呢，照例很享受女儿亲昵的称呼。

如今想来，应是英子一出生，水荣叔就在外面开大船，彼此常年不见面。所以英子才会对他生疏起来。有一次，英子拿给我看一只玻璃瓶，瓶中浸着一枝花苞，据说那枝花苞会开出玫瑰来。那只玻璃瓶也是水荣叔从外面带回来的礼物。

我简直每天翘首盼着，天上能掉下个礼物，砸中我的脑袋。

可是说起来不知是倒霉还是幸运，反正我的脑袋一次也没被砸中过。

我收到的第一件礼物，竟然是沈涛送的。沈涛是班里的调皮鬼，总是欺负我，拽我的辫子。我见到他，总是恶狠狠地警告他：我表哥是顶顶闻名的张海兵，小心我告诉他收拾你。

沈涛笑嘻嘻地说，去告诉呀，让他收拾我呀。说完了继续拽我的辫子。

我气急败坏跑去告诉表哥。表哥比我们高一级，天天扎个沙包练拳，绑着沙袋跑步。小腿、胳膊粗得像石磨。表哥房间里房梁上还有两个吊环，没事就蝙蝠似的倒挂在吊环上，冷不丁吓我一大跳。

表哥要当李小龙。

不晓得表哥对沈涛干了些什么。总之，沈涛见到我忽然点头哈腰的，并且从铅笔盒里掏出一块草莓橡皮递给我，小橘子，你大人不计小人过。以后我再也不拽你辫子了好不好。你千万在海兵哥前帮我说点好话。

我笑眯眯地说，好吧，姑奶奶这次就饶了你。下次再敢欺负我，有你好看。还有，以后再也不许喊我"烂橘子"。

不敢不敢。沈涛一叠声地说。

那块草莓橡皮，闻起来有一股香味。我喜孜孜地去校门口等表哥。

嘻嘻，表哥，今天那个沈涛巴结我，送了我一块橡皮。我拿出草莓橡皮向表哥炫耀道。

"嗖"的一声。表哥把我手里的橡皮拿过去，扔到草丛里去了。

以后不要拿别人的东西，喜欢什么？表哥送给你。表哥皱了皱眉头说。

唔，看着表哥不高兴的样子，我吐了吐舌头，没敢把橡皮从草丛里捡回来。

第二天，我的书包里多了一袋彩色橡皮：草莓、橘子、梨、苹果，各种各样水果的形状……这是我人生收到的第一份礼物。

这也许是一生中最贵重的礼物。时隔这么多年，我似乎仍能闻到淡淡的香气，从时光里绵绵不绝地传来。

上了初中以后，我陆陆续续收到很多礼物：贺卡、玩具熊、陶瓷杯、一枚香山的红叶，一块雨花石。总之都是一些小玩意。有的是同学送的，有的是笔友夹在信封里寄来的。有一阵，流行交笔友，在《初中生时代》刊登一句话，即可收到一大堆笔友来信——有一次，我登了一句格言："生活是镜子，你笑它也笑，你哭它也哭。"一时来信如雪花纷纷。

记得有一个名字叫张鸿的男孩子，与我保持了好几年通信。直到初三那年，信才戛然而止。中考结束，班主任让我去办公室，从一个袋子里"哗啦啦"倒出来一大堆信。我抱着那些信，走在乡村的小路上，心里既甜蜜又忧愁。

那个名字叫张鸿的男孩子，不知后来怎么样了。茫茫人海，我再也没有他的音信。可是至今，那些信还藏在老家的阁楼上，蒙了尘，结了蛛网。我翻开那些信，一页页展读，犹如一个国王般富足。

那亦是一生中最珍贵的礼物。

表哥后来没当上李小龙。初中毕业以后就去学装潢、跑江湖。

有一次，我爸生病住院，表哥来探视。在医院，我见到表哥，三十岁的表哥，胖得不敢相认了。

表哥笑着说，小橘子，你瞧你，那么瘦。你们女孩子就晓得苗条。小时候你胖嘟嘟的，多好啊。

表哥娶了表嫂。表嫂脸团团的，胖嘟嘟的。表哥很宠表嫂，生了一个女儿，念书极聪明。表哥说，脑瓜子倒是很像小橘子。表哥说的是哪门子话嘛。

三十八岁的表嫂，听说怀上了二胎。表哥又要当爹了，喜滋滋的。

而我客居在钢筋水泥的城市森林里久了，终日为生计奔波忙碌，故乡的许多人、许多事亦惘然不知了。

那天在电话里，听爸爸说水荣叔突发脑梗，从床上摔下来，幸好水荣婶听到声响上楼去看到，才捡回一条命，但说话、走路都不利索了。

英子回来照顾水荣叔。在病榻前，英子含着泪，喊了一声爸。水荣叔听了，良久，热泪夺眶而出。

我想，这大约是英子送给水荣叔最好的礼物。

邻居记

刚搬进现在住的这个小区时，住在我对面的是一对五十多岁的夫妻，男的是工程师，女的在电力局上班，那时候他们的儿子还在念警校，长得十分清秀，一副腼腆的样子。过了五六年，那个男孩子当了警察，找了女朋友，奉子成婚，就暂且先搬进了父母的房子里。

于是坐电梯时，经常会遇到这对小夫妻，小警察依然很腼腆，倒是他的妻子，见人就笑，一笑脸颊上露出两个酒窝。又过了一阵，那个女人的肚子一天天大起来。有一天，终于听到婴儿的啼哭声，小宝宝出生了。于是买了鲜花去敲门，见到了那个小女婴，小脸皱成一团，躺在摇篮里。摇篮上挂满了玩具，随风叮当作响。

忽然就想起十几年前住在禾平街时，女儿刚出生时的情景，也有邻居过来探望。是住在我们楼上的一对老夫妻，公公七十多岁，婆婆六十多岁。在我们装修房子的时候，他们就已经搬进去了，我们把装修包给了一个游击队，自己懒得去，于是婆婆主动充当了监工，每天去房子里转一圈，盯着工人干活。

后来，我们在那个房子里结婚，怀孕，生小孩，就像现在住在我对面的那对小夫妻一样，时光轮回，爱亦如此。

有时候我在想，人生多么奇妙，由于住在世界上的某个地方，才得以遇见那个地方的一些人，世界上的另一些人就此错过。

冥冥之中，一定有所谓的缘分在。譬如住在我们楼上的公公和婆婆。自从生了女儿以后，几乎每天，他们都会下楼到我家转转，逗弄逗弄小家伙。

坐在我们家客厅的沙发上，听她咿呀学话，公公笑得像一尊弥勒佛似的。婆婆呢，拿了火龙果、水蜜桃，往女儿小手里塞。有时带女儿去她家拜菩萨（婆婆信佛，供了观音像），女儿煞有其事地磕头，并且念念有词，说让菩萨保佑她当个聪明宝宝之类的，婆婆在一旁乐得合不拢嘴。这样的日子亘古悠久，仿佛可以一直到永远。

有一天，我忽然觉得女儿长大了，房子小了，有点局促，想换一个大一点的。于是写了一张售房广告往楼道里一贴，谁知很快就被揭了去。当天晚上，就有一对小夫妻过来签订合同。婆婆知道了，气急败坏来找我们，说是要买新房子钱不够，可以跟她说一声，她借我们呀，这房子不能卖。说完眼睛红红的。我心中一暖，安慰婆婆说，以后我们一定会经常回来看你们的啊。但我知道，这个许诺多么空洞。

我们搬走不久，公公的身体就迅速垮了下来，说是做梦梦见小家伙。带女儿去看他，谁知他躲在里面，说是见了小家伙更难过。以后又不能天天见，不如不见。我们只好苦笑着回家了。心想，老人家真是难弄，哎，非亲非故的，本来就犯不着太过于亲近。

很多年以后的一天，我整理电脑，看见拍的一段旧录像：公公坐在我家客厅沙发上，他的目光不时朝屏幕外的我看一眼。我忽然有点心虚，想到，自己当时实在是太过于残忍了。对于暮年的公公婆婆，女儿是他们唯一的寄托与念想。他们在女儿身上得到乐趣与希望，而我们却毫不留情地弃他们而去，对他们不啻于一个天大的打击。难怪公公后来得了抑郁症。

但是年轻的时候又怎么会明白这些，纵然有些明白，亦佯装不明白，狠狠心就走掉了。

现在，禾平街只剩下婆婆一个人了。那些旧时的街坊邻居，大多已经搬走，后来搬进来的新邻居，大半也是婆婆所不认识的了。

黄昏中，我们在小区楼底下，看着曾经住过的那一间屋子，窗户上亮着灯，真有一种恍如隔世的感觉。走上三楼，婆婆的屋子仍旧收拾得很干净，茶几上摆着放了荔枝、火龙果的果盘。保姆给我们沏了一壶茶。女儿规规矩矩地坐在木沙发上。

婆婆目不转睛地看着她说，小家伙变成大姑娘了，婆婆快要不认识了哦，顿了一下，又说，要是公公在，会有多欢喜，说着就有那么一点落寞。婆婆的腿脚已经不太便利，有一次，一个人下楼，从楼梯上摔下来，幸好被楼下新搬来的邻居看见，后来只好雇了保姆，上楼下楼陪着她。婆婆叹了一口气说，人老了，不中用了，狗都嫌弃。

不知为什么，我忽然想起初见婆婆时，她大约六十岁，满头乌发，看起来顶多不过五十岁光景。一晃，她已经是快要八十岁的老人了，佝偻着背，头发花白。时光流逝，徒留她一个人在那个房子里，守着寂寞与冷清。世上最亲爱的那个人已经离她而去。

而她的旧时邻居，亦薄情寡义，一年中难得抽空回去看她一趟。稍坐片刻，就摆出一副万分忙碌的样子，起身与她告别。

有时候，人实在不必在感情上对别人投入太多，寄予太多的期望，无论朋友还是邻居。不然有一天冷不防友谊的小船翻掉了，又让我们情何以堪？

婆婆后来不再结交新邻居，偶尔与我们打电话，说话的口气亦是淡淡的，恐怕她也是明白了这个道理。

后来，搬到摩尔一带，认识了一拨新邻居：子悦、阿拉丁、谢、九月、安妮、大海、三哥、绿格、史蒂芬、冰棱、Fox、柔晴、Tim、小李、迷途的汪汪……

邻居子悦是一个设计师，也是一个顶呱呱的厨娘。因为阿拉丁（她老公）不喜欢饭店里的饭菜，每顿饭都在家里做。饺子、烧麦、酒酿、南瓜饼、包子，这些当然不在话下。她还会做意大利面、泰国咖喱饭、比萨和寿司。

我等懒人，应厨娘之邀，去她家串门。只见厨娘家里五六平方米大的小厨房：蒸锅、烤箱、炒锅，一应俱全。大大小小的不锈钢勺等，挂满墙壁。厨娘仿佛一个交响乐指挥家，在锅碗瓢盆间穿梭往来，神情自若，怡然自得。让我着实艳羡不已。

谢是个颇有趣的人。谢年轻时是个技工，有一天忽然觉得一辈子当技工很没劲，于是做起了生意。从一个小作坊到一个有了好几间写字楼的公司。

他跟我说过一个秘密法则，即一个人想要过怎样的生活，就能过怎样的生活。譬如当初他一无所有的时候，他想成为千万富翁，有一天他果然就成了千万富翁。

一个人要是往好的地方想，一切就会好起来。相反，要是老往坏处想，好事也会变坏事。听上去好像还蛮有道理的呢。

小区的男人和女人都很喜欢谢。性格开朗的他，无论对谁都是笑脸相迎。就是在路边遇见一个乞丐，谢也会带着他去饭店饱餐一顿。不过坚决不给钱。他做事坚持自己的原则。既固执又随和。

九月是一个情感栏目的专栏作家，也是一个独身女人，宣称"做一个精神自由、独立的新女性"。她一个人住在一幢前夫留给她的别墅里，后来嫌别墅实在太大了，换了一个公寓。装修得很文艺，里面一半是书，一半是衣服。床上、沙发上、窗台上，堆满了书。她的衣帽间蔚为壮观，好像一个小型成衣店。多半是一些布袍子，还有湘绣、扎染，古典而雅致。她人亦温婉美丽，追她的男人有一大堆，可是大多已有妻室。她说，我一个人好端端的，干吗要成为别人的插曲？

　　大海是一名律师，专门打离婚官司。我们见到他，总要打趣他是吴秀波。安妮是美容院老板娘，成天打扮得花枝招展。有一天，我见她脸很僵硬，原来刚打了玻尿酸。过几天就好了，那些皱纹、黑眼圈都不见了，可以年轻十岁呢。安妮怂恿我也去打，说是可以给我打折，我才不去呢，一张十八岁的脸底下是一颗沧桑的心，多么惊悚。

　　三哥是一个微雕艺术家，他家有个小院，院子里种了金银花。三哥拿了一个放大镜，在鱼骨上刻字。有一次去，送了我两根鱼骨。磨得极其光滑，鱼骨上刻了一行字：山有木兮木有枝。用红线串起来，挂在脖子上当项链，叮叮当当，真是饶有趣味。

　　绿格是一个爱穿绿格子裙子的女孩，嫁给了史蒂芬。史蒂芬有一个女儿，绿格对那个女儿很好，有一次来我家借英语书，辅导女儿功课。后来，绿格怀孕了，史蒂芬的女儿陪着她在小区广场上散步，史蒂芬的女儿也穿了一件绿格子裙子，两个人怎么看都像是亲生母女。

　　冰棱是个模特。四十多岁，看起来顶多只有二十岁。她住在我们对面的那一栋楼，阳台对着阳台。有时我看见她在阳台上练功。她穿着一袭白衣，远远望去，像一个仙女。

　　Fox 是一个 IT 精英，我们叫他夜游神。凌晨一点，还在网上。他的头像上写了一句话：失眠的人，请来找我聊天吧……

　　柔晴化烟熏妆，涂红指甲。她的老公 Tim 是个大胡子的德国人。她跟我们说起认识 Tim 时的趣事，Tim 拿一个翻译器，两个人比画来比画去吃饭、看电影。后来，柔晴去上海学了三个月德语。再后来，两个人结了婚。每年去一趟德国。Tim 妈妈一见面就要拥抱这个中国媳妇。Tim 的爸爸，八十岁的老头子，带他们开飞车。总之，自从和Tim在一起以后，觉得自己变成了一个童话中的小女孩。

小李和他的妻子很恩爱，两个人走到哪里都牵着手。结婚很多年了，孩子好像怕打扰他们似的，迟迟不肯来。

迷途的汪汪是一个单身汉，家里养了五条狗，也不结婚，准备与五条狗共度人生。

有一阵过邻居节，隔三岔五走东家去西家吃饭。餐具、食物，甚至厨娘自带。

有一天我下班回家，奇怪，厨房里竟然有人在煮饭。一只汤锅露出两个朝天的鸡爪。我疑心走错了门。再仔细一看，分明是我家嘛。

厨房里那个女人冲我笑嘻嘻地说：欢迎光临。

过了一会儿，门铃响了，有人搬了啤酒、折叠凳过来了。

还有人扛了相机。

总之，浩浩荡荡的一大拨人，把我家的厨房、餐厅、书房、走廊、过道统统都挤满啦。

吃过饭，有人洗碗，有人刷锅。我像个客人一样坐在沙发上看电视。

隔三岔五也会收到礼物：甜甜圈、金橘、奶酪、寿司、蛋黄酥……还有一次，收到了一袋琵琶虾，还热乎乎的呢。

都是邻居们送的，有时敲门不在家，就放在门口的鞋柜上。

有的发个微信告知，有的干脆微信也不发，实在让我费脑筋猜。那一袋琵琶虾，让我苦思冥想了半天，实在猜不出是谁送的。后来有一天，在电梯里遇见一个女邻居，跟我打招呼说，琵琶虾好吃吗？啊，这个女邻居不过仅在电梯里有一面之缘，我连她名字也不知道呢。

还有更奇异之事，有一天，有个人抱了一箱奇异果来敲门，说是我们楼上的，要装修了，打扰到我们，真是万分抱歉。哈哈，这个芳邻实在太可爱了。

电视台的主持人小新，老丈人住在我们楼上。小新的妻子长得和我很像，也是一张大饼脸。小新的老丈人有时在电梯里遇见我，会笑眯眯地看着我。好像我是他的另一个女儿似的。

有个邻居，是一个上海老太太，经常和我一起去楼顶上晒衣服。有时下雨，老太太会把衣服叠好，放在我家鞋柜上。

每当这时，我心里总是暖烘烘的。

所谓冷漠、自私，似乎在我的这些邻居身上并没有。

最后再来说一个男邻居吧。

有一天夜里，回到小区的时候，发现大门被锁牢了。问保安是怎么回事。答曰，抓贼。有个偷电瓶车的贼，逃到四幢那里去了。哎呀呀，那可咋办？我住在四幢后面，说不定走过去会遇见那个贼啊。

正巧门口走来一个男邻居，说那我陪你走一段吧。

那个男邻居陪着我边走边聊。他说学过散打，一两个贼肯定不在话下。走到快到我家的岔路口，我说谢谢，请回去吧。

他说还是送到楼下吧。我说真的可以了。他说你怕送回去你老公会吃醋啊？我说那倒不会。我可以跟他实话实说的。

你不觉得听起来很像一个谎言么？他笑呵呵地问我。

哈哈，被一个男人送回家，说是因为小区里藏了个贼，因为害怕，在门口遇到一个素不相识的男人，便让那个男人送回来了。这个理由听起来怎么有点像在撒谎。

那么，就送到这里吧。在岔路口分别的时候，我忽然闻到一股酒味。你出去喝酒回来呀？我问。他答是啊。喝了一瓶红酒。

得知他住在10幢，要穿过一座桥。这下我倒有些不安心起来。喝得醉醺醺的，可不要在过桥的时候掉到河里去啊。

要不要我再送你回去？我有点担心起来。

他说千万别，说不定等下那个贼跑出来，你又得让我送回来。

这时，他的手机铃声响了，是刚才在一起喝酒的人，问他有没有到家。这下可好了，他一边接着电话一边走回去了。

回到家跟老公说起这件事，他说这个人倒是有点意思。大概是喝醉了，所以才不怕贼吧。

不过他说的这话，听上去怎么有点酸溜溜的哪。

麻饼记

小时候听过一个画饼充饥的故事,说的是有一个人肚子饿了,在地上画了一个大饼,看着那个美味的大饼,哗啦啦地直淌口水,于是觉得自己的肚子也饱了。真是一个可爱的人呢。

小时候的饼,比现在好吃。尤其是麻饼,圆圆的、厚厚的、大大的一个。里面的馅料有豆沙、果仁、陈皮、红丝、绿丝(一种切成长条的红红绿绿的东西)。麻饼上撒了黑芝麻和白芝麻。总之,那一个麻饼被很隆重地扎上红丝带,拎在手上,作为走亲访友的礼物。

姑婆来我家,就提着几扎麻饼。姑婆穿藏蓝色斜襟布衫,黑发盘起来,扎了一个髻,插了一支银钗。姑婆是爷爷的妹妹,爷爷还有一个弟弟,一个哥哥。于是姑婆在我们村子里,有了一大堆亲戚。不晓得什么缘故,姑婆每次来,都到我家吃饭。大约是姑婆和奶奶要好的缘故。姑婆每次来,都会留宿一晚。这时,奶奶就会把我撵走。奶奶说,小橘子,今天你去和你妈睡。我挺不高兴的,可是奶奶把麻饼给了我,喏,你不是顶喜欢麻饼的嘛,拿去吃吧。我这才抱着麻饼兴高采烈地走了。

有时，我和奶奶也会去看姑婆。姑婆住的那个村庄，有个好听的名字：杏村浜。那是一个很美丽的村子，栽了许多杏树，姑婆的院子里就栽了一株。春天时，杏花开了，花枝如雪。姑婆穿着淡青色袍子，伫立在杏花树底下，不知怎么，背影看起来有一点寂寞。

后来听奶奶讲姑婆的故事。姑婆年轻时，爱上过一个下乡的知青。后来，那个知青回了城，临别时许下誓言，一定会回来找姑婆。于是姑婆痴痴地等着那个人。春天过去了，春天又来了。杏花开了，杏花又谢了。可是那个人始终没有回来。姑婆的肚子却藏不住了，只好嫁给了村子里的一个泥水匠。后来，那个泥水匠去一户人家造房子，从楼顶上摔下来死了。从此，姑婆吃斋，念佛，食素，穿素服。恰如她的名字：素素。

一个人的名字，大约与一个人的命运有着某种神奇的联系。譬如奶奶的名字爱珍，两个字喜气洋洋的，奶奶果然一辈子有人珍重有人疼爱呢。素素这个名字，太不吉利了。在乡下，一个人穿白衣服是忌讳，会招致厄运，流年不吉。有一次，我穿了一条白裙子，被奶奶狠狠地骂了一通，奶奶说，小橘子，哎哟哟，要死了。

奶奶的口头禅就是，哎哟哟，要死了。一点芝麻绿豆大的事情，在她眼里就是天大的。我知道，那是因为有爷爷宠她，给她撑腰。爷爷可不敢惹这个老太婆。我说，素素姑婆也穿呀。奶奶唬了脸，别跟我提素素姑婆。奶奶真是一个两面派，当面对素素姑婆那么好，背地里却提都不许提。奶奶叹了一口气，小橘子，你素素姑婆是个苦命的女人。女人太痴心，可不是什么好事。小橘子，你长大了，可不能轻易相信男人。男人都不是什么好东西。你素素姑婆，就被男人害惨了。

好好好，以后无论男人对我说什么甜言蜜语，我都心若磐石，岿然不动，这下行了吧。

哎，"问世间情为何物，直教人生死相许"。其实么，我早已经看过

103

琼瑶阿姨写的《梅花三弄》了。素素姑婆的寂寞，我是略微有些懂得的。

后来，不知不觉就长大了。我不再跟着奶奶去杏村浜了。素素姑婆也很少来我们村子了。再后来，听说素素姑婆摔了一跤，一条腿有点瘸了。再后来的后来呢，奶奶仙逝了，素素姑婆也仙逝了。这些童年与我亲密的人，有一天忽然消失不见了，令我感到深深的茫然、恐惧与悲哀。

可是，花会谢，草会枯，世间一切本来就不会长久。

世上会不会还有一个人，记得素素姑婆。我一直想着。

当他垂垂老矣，缠绵病榻之际，会不会想起那个温婉、美丽的女子？

他会不会轻轻地念一个人的名字？

当他弥留之际，心中会不会尚且有一份牵挂、内疚和不舍？

大地上发生过多少事情，有过多少爱恨情仇啊。只是不为我们所知道罢了。

在漫长的岁月里，我们爱过又离别。

爱情，终究是有些苦涩的。

也许爱情就是画饼充饥。还是继续来写我的麻饼。

有一次，我和女同学骑车去一个小村子。快到中午了，我和女同学饥肠辘辘，在路旁的一家小店里买了一个麻饼。那个小店，有个老头在打盹。那个老头看起来已经很老啦。头发花白，佝偻着背，一个人坐在昏暗的天光里，仿佛一直要坐到地老天荒似的。

女同学悄悄告诉我，那个老头年轻时爱上了一个女孩子。可是他家里很穷，那个女孩子的妈妈不同意。后来，那个女孩子嫁到了隔壁一个村子里。这个老头，搬到了那个村子里，住在女人隔壁，终生不娶，默默守护着那个女人。后来，那个女人的丈夫生了病，孩子念大学，据说都是他帮衬着。再后来，女人的丈夫去世了，女人说，要不搬过来住吧。他慌忙摆手，神情羞涩如一个少年。

他最终没有搬过去，仿佛守护那个女人，就是他一生的职责。现在，那个女人离世很久了，他仍旧一个人住在这个村子里。

　　我听了真是唏嘘。世上的痴心人啊，从古至今，绵绵不绝……

　　我咬了一口那个麻饼，也许是搁久了的缘故，那个麻饼硬梆梆的，有点硌牙。

　　我的眼泪，忽然忍不住啪嗒啪嗒地掉了下来。

摩天轮记

　　故乡的小镇上新建了一个游乐场。高高的摩天轮，像一个巨大的齿轮一圈圈地转动，令一座小镇添上了魔幻的色彩。

　　村子里的人，纷纷跑去看摩天轮，虽然他们已经见过了很多世面，但是摩天轮还是第一次见呢，谁也不敢第一个去坐摩天轮。孩子兴高采烈地坐上了摩天轮，这些小小的勇士，对世界怀着无尽的好奇心，他们才不怕摩天轮会掉下来呢。

　　他们尚且还不知道，这世上会有意外和灾祸。世界在他们眼中是一个巨大的游乐场，他们置身其中，无比欢乐。他们坐在摩天轮上，转了一圈又一圈，他们拍着手，唱着歌。他们是童话中的公主和王子，只要摩天轮永远转下去，那么童话将永不会落幕。

　　可是有一天，音乐声戛然而止，世界一片寂静，他们忽然从童话中醒过来，发现人世尚且有黑暗、哀愁、痛苦、悲伤、坎坷……那个孩子从摩天轮上走下来，从云端落到了地上，一个折翼的天使，一个受挫的勇士，一个幻想家，他的梦想幻灭了，深陷在悲伤里不能自拔。

呵呵，这个冒险家，忽然成为匍匐在大地上的一只小蚂蚁，他战战兢兢地走路，吃饭、睡觉，战战兢兢地活着，内心恐惧、焦虑、不安，唯恐天上会掉下什么，砸中他的脑袋。

他抬头看着摩天轮，心里无端地生出了恐惧，害怕那个摩天轮上的玻璃房子，会从天上掉下来，不怕一万，还怕万一呢。他暗暗想着。这世上哪有百分百保险的事情，他才不敢拿自己的小命开玩笑呢，只要有一丁点的威胁，他就要把它规避、阻止，他再也不是一个冒险家了，他成了一个胆怯、懦弱的人。

他有点瞧不起自己，但是，有什么办法呢？只要一坐上摩天轮，他的脑袋就会晕眩，他的双腿就会发软，两股战战，几欲逃走。他的腹中翻江倒海，想吐，他的耳朵失聪，他的眼睛一片黑暗，巨大的恐惧攫紧了他。

真是一点办法也没有，他也不想变成这个样子，可是鬼晓得，他就是变成这个样子了，他有点恨恨的。他变成了一个他曾经所厌恶、唾弃、瞧不上的人，那个胆小的畏葸者，低着头，缩着脑袋，匍匐在人群里，再也没有梦想，没有勇气，不敢冒险的家伙。

现在这个家伙混在人群中，脸上带着一张面具，没有人知道他的真面目。这个伪装者，他把自己伪装得很好。他拍拍孩子的脑袋，对孩子说，上去玩吧。孩子怯怯地说，爸爸，你陪我一起上去吧。他摇了摇头说，还是你一个人上去吧，你已经是个男子汉了。我的小勇士，爸爸相信你一定可以的。

那个可爱的孩子，冲爸爸挥挥手，走到摩天轮上，"啪嗒"一声，玻璃房子的锁扣上了。摩天轮徐徐上升了。那个孩子觉得自己长出了一对翅膀，在空中飞，越飞越高，越飞越高，像一只鸟。他不由得欢呼雀跃起来。透过玻璃窗子，他看见脚底下的汽车，像火柴盒。那些走动的人，像一粒粒蚂蚁。呀，真好玩，他好像踩了风火轮的哪吒，世界被他踩在了脚底下。他好像坐在一只大鸟的背上，云朵簇拥着他。这种奇妙的感觉，他从来不曾体会过。

当孩子从摩天轮上走下来，想要告诉爸爸他那种奇妙的感觉。爸爸朝他竖起大拇指说，我的小男子汉，你真棒。对于爸爸而言，那不过只是孩子的一次战胜自己的体验和尝试。他不知道，孩子想要告诉他的，不仅仅是体验和尝试。他还想告诉爸爸，在云朵里飞翔是一种怎样奇妙的感觉。

可是他的爸爸并没有耐心听他说这些。他只是对孩子说，走，爸爸带你去吃肯德基。

不嘛，爸爸，我还想再坐一次摩天轮。

不行，已经坐过一次了。爸爸拒绝道，我们去吃炸鸡翅。

爸爸只是想把孩子养胖，像喂养一只小猪。他忘记了，除了是一个养育者，他还应是一个造梦者，一个推手。他把孩子带到这个世界上，就有义务给孩子一双翅膀，让孩子自由飞翔。

可是他不敢，他怕孩子会从空中掉下来，飞得越高，就摔得越惨，他只想让孩子一生平平安安过下去，哪怕平凡、普通，甚至平庸，也并没有什么不好。

那个爸爸，已经畏惧了世上一切的危险和威胁，一有风吹草动，草木皆兵。一只蝴蝶会掀起一场太平洋风暴。一场摩天轮事故让他长久陷入恐惧与不安。当孩子坐在摩天轮上时，天晓得那二十分钟里他在想些什么。他才不想担什么心受什么怕，他只想安安稳稳地守着他的孩子长大。那个曾经的冒险者，野心家，幻想家，有一天，变成了一个保守派。

那个自以为是的、蛮横的保守派，使劲拽着孩子，孩子哭哭啼啼地走远了。只有高高的摩天轮，仍在那里转啊转。

盖屋记

盖屋是村子里的一桩大事情。像燕子衔来春泥，村子里的人一点一点地备下砖头、瓦片、石灰、沙子和木料。等到材料筹齐的那一天，那家的男人挨家挨户在村子里走一遭，嚷嚷着"盖屋啦，盖屋啦。"

于是，第二天一大早，村子里每户人家都走出一个男人，来到那家的旧房子前，用铁锹把老墙基敲断，几个力大无比的男人，卯足劲往外推，只听轰隆隆一声响，就把那一堵墙给推倒了。女人们坐在宅基地上整理碎石乱砖，那些平整的砖头，码得齐齐的，砌新房子时仍旧可以用。然后再挖地沟，筑新地基。

挖地沟的时候，总会挖出些东西。譬如村子里的吕有财家，祖上是地主，在他家挖地沟时，就挖到了一瓦罐元宝，有人说是金的，有人说是银的，谁都没看见那瓦罐元宝，只听说挖到瓦罐的小兔子他爹，抱着瓦罐飞奔回家。

吕有财一路追赶，敲开小兔子家的门，小兔子他爹装聋作哑，据不承认挖到了元宝一事。吕有财又没有搜查令，当然不能随便翻小兔子家的屋子。否则倒是落了私闯民宅的罪名，只好怏怏而归。

之后谁家挖地沟，主人都会来回逡巡，唯恐挖出什么宝贝，落到别人口袋里。不过，除了吕有财的哥哥和弟弟的老宅子底下可能埋着宝贝，村子里的其他人家的祖先全都穷得叮当响。

倒是有一户人家挖出过一窝蛇来，那窝蛇粗壮得很，身上布满花纹，看来它们在这户人家的旧宅子底下，与主人彼此相安无事处了许多年，忽然被捣了窝，只好闪烁着它们的小三角眼，审慎地盯着众人。人被蛇盯得发毛，抡起锄头朝蛇一顿猛打，蛇被打死了，放进蛇皮袋，抬到村子北面的荒地里埋掉了。

奇怪的是，这一户人家的新宅子造好不久，接连发生了一些不幸的事情。先是这一家的小儿子掉到石臼漾里淹死了，过了不久，老爷子也一病不起升了天。于是，村子里的人就纷纷说，那窝蛇已经修炼成了蛇精，来向这户人家报仇了。于是这户人家去荒地上，给蛇精供奉了牌位，磕了头，说了许多讨饶的话。果然那蛇精不复再作祟，过了两年，那户人家添了一个儿子，日子渐渐又好了起来。

大地上发生着故事，缔结过多少恩怨啊，不过，再多的爱恨情仇，再深的是非恩怨，有一天，风终将把它们吹散，吹得无影无踪。

念初中时，我经常去隔壁一个村子。我有一个要好的女同学朱樱住在那个村子里。那是一个很美丽的村子，名字叫百花庄。据史料记载，元代丞相不花曾在那里建立过一个很大的庄园，取名不花庄。因谐音之故，渐渐被世人叫成了百花庄。那个村子里的女孩子不仅人长得美，名字取的也都如花一样，什么樱、梅、菊、荷诸如此类的。

朱樱的爸爸，人很儒雅，说话轻声细语。他们家住的是一幢二层小楼，有个院子，院中有竹林，有幽径，还有一个鱼池。鱼池里有几尾金鱼，悠然游戈于碧水之上，颇有一些古风。

就在那个村子里，一天，有人盖屋挖地沟时，挖到了一只石兽，那只石兽高175厘米，长150厘米，宽35厘米。听村子里的老人说，老早的时候，村子里有一个古墓群，统共有七十二座坟，还埋着金头呢。啥是金头？老人说是某官员被皇帝砍头，后来发现杀错了人，就赐金头一颗，为了不让盗墓人偷走金头，官员家属就故意修建几十座坟墓。在那些坟墓底下，埋了石羊、石虎、石马、石象这些石兽，守护着墓主人。

那一只挖出的石兽，想来就是看守那个墓主人的。只是那个墓主人是谁，没有一个人知道。于是，对于那个名字叫百花庄的村子，我们怀着许多好奇。长大后偶然翻阅史料，发现明代大学士朱国祚与清代著名文学家朱彝尊，两人的墓都在那里。那么我的女同学朱樱是朱氏的后人也说不定。

仍旧来说盖屋的事。挖了沟，筑好地基，砖头一层一层砌上去，屋子就盖起来了，很难想象，广厦千顷，就出自这些大字不识几个的村野莽夫手中。可绝对不是我吹嘘，村子里的男人个个都是建筑天才。他们不仅会盖房子，如果有一天，他们齐心合力想造一艘宇宙飞船，那也是极有可能成功的。如果他们能搞明白火箭配方的话。

接着是吃上梁酒。那是一幢房子快要落成之际，墙上的石灰还没干透，地上还堆满了乱石碎砖，可是屋子马上就要盖好了，只剩下一些细枝末节、无关痛痒的事情。那些事情就交给女人慢慢去打理，至于男人么，当然得先喝酒庆祝一番。

吃上梁酒那天，主人备了鸡、鸭、鱼、肉，请了厨师，支起了一口大锅，锅子里煮着蹄髈。时辰一到，举行上梁仪式：把从祖坟上挖来的一株万年青，系了红布绸，包了松糕、铜板，挂到梁顶上。再请土地神，放鞭炮，抛糖。抛糖的人站到屋顶上，把糖撒得到处都是，够小孩子捡半天。有几颗骨碌骨碌滚到草丛里，鸡窝里，洗衣板底下，总能被眼睛尖的小孩子寻出来。

村子里的男人都在邀请吃酒之列，并且带了小孩子。小孩子顽劣，钻到桌子底下玩躲猫猫，偷听男人们说话。男人喝了酒，平日里不敢说的话都说出来了，小孩子回家搬给娘听了。女人就铁青着脸，来拧自家男人的耳朵，便有那不知好歹的婆娘与男人扭打在一起，众人不劝，反而起哄，好似在看一场戏。

村子里的人，眼瞅着一个个盖起了新屋，独独剩了鳏夫连寿。他家本来在村子里也算中上家境，早就置办了建筑材料。可是连寿的老婆在生了儿子以后，得了产后抑郁症，上吊死了。连寿一下子成了落魄的人。他家院子里堆的砖头上，爬满了黄瓜秧、丝瓜藤，浸了雨水，并且渐渐长出苔藓来了。等到连寿的女儿小红长大，他才把堆在荒草里的砖头和预制板挖出来，盖了一幢新房子。外墙上贴上了金光闪闪的马赛克，倒比早先别人家盖的屋子都要阔气、漂亮许多。

我家盖新屋，算得上是村子顶早的一个。新屋刚盖好，浇了水泥地，我和弟弟光着脚在地上跑来跑去。后来家家户户都盖了新房子，我家的小楼就显出陈旧破败之相。父亲决定拆掉小楼，再盖一幢别墅。为了这个梦想，父亲去几十里外的濮院羊毛衫市场做了好几年生意，终于攒够了盖屋子的钱。这时候，村子里已经有专门盖屋的包工队了。父亲请了村子里顶有名气的杨师傅，付了一笔不小的施工费。小别墅盖好了，天蓝色的罗马窗、罗马柱，映得出人影的大理石地板。

屋前有一片水田，甚阔，广植荷花。夏天的时候，荷花开了，人从香气中走来，恍如走在梦境中。

不久前，听说村子里有可能会拆迁，父亲不免有些忧心忡忡。父亲虽口不能吟"采菊东篱下，悠然见南山"这样风雅的诗句，却闲时种种海棠、芍药，采几个莲蓬，做一顿莲子宴，过的是风雅的日子。

而这样的日子，于久居城市的我，已然是一个遥远的梦。

第四辑　洋人记

朋友记

女儿对我说，汪书悦会不会不理我了？那天，她约我去摩尔玩，我没有去，我觉得她一定生我的气了。第二天，女儿放学回家，很开心地对我说，妈妈，汪书悦今天跟我玩了，她没有生我的气呢。

原来，女儿也是一个很敏感的丫头，和我一模一样。小时候，我最要好的朋友是周玲，有一天，不知怎么两个人闹了别扭，一连好几天，我都没搭理她，一见到她，就赶紧掉转头，心里气鼓鼓的：哼，谁让你不理我。就这样，一直到快放暑假了，我们两个还是没有说话。

有一天早上起来，我打开门，看见门口有一封信，还有一只绒布小熊。原来，周玲悄悄地写了一封信，天没亮就来了我家。那一封信，还沾着草叶和露珠呢。

于是，我们两个人很快就和好了。我们至今仍是好朋友。

念小学五年级，班上新转来了一个女孩子沈蕾，长了一双大大的眼睛，白白的皮肤，眉心上有一颗美人痣。有一天，我在学校门口买了一根冰棒，给了那个卖冰棒的人一块钱，可是，那个卖冰棒的人找了我三分钱。一支冰棒七分钱,那个那冰棒的人少找了我九毛钱。那时,九毛钱是一笔巨款。我回到教室,趴在课桌上哭。沈蕾走过来,得知了情况以后,说,小橘子,走,我带你去找他理论。

我们来到校门口,可是,那个卖冰棒的人已经不在了。沈蕾说,小橘子,以后再遇到这种情况,你可不能忍气吞声,只晓得哭。我点点头。从那一天开始,我和沈蕾成了好朋友。

春光融融,沈蕾来我家玩,头上披了一条大红色的纱巾,扭着腰肢,跳着舞,像个印度女郎。不知怎么的,我心里忽然有点不高兴起来。我说,不许你披我妈的红纱巾。沈蕾讶异地看着我,上一次,你不是也涂了我妈的口红吗?一码归一码,上次是上次,我生气地说,反正这次就是不许。沈蕾一把把红纱巾从头上掀下来说,小橘子,以后我再也不来你家玩了。说完跺着脚跑掉了。

窗外,春光仍旧暖融融的,隔壁院子里,春香奶奶的桃树上结了淡青色的果子。沈蕾好多天都没有搭理我。有一天,她朝我迎面走来,喊了我一声,小橘子。我的眼泪忽然就掉下来。

沈蕾初中毕了业就辍学了,在镇上开了一家小店。那是一家小小的杂货店,卖话梅、汽水,有一天,我走过小店,沈蕾拿了一包话梅追出来塞到我怀里。沈蕾告诉我,她找了一个对象,对方是个安徽人,入赘到她家里。我拿着那包话梅,眼泪又掉了下来了。

又过了几年,我听说,沈蕾生了一个女儿,丈夫待她很不好,两个人经常吵架,后来,又听说她离了婚,一个人去了城里,她妈妈在乡下给她管女儿。有一天,我在街上遇见一个女郎,大大的眼睛,白白的皮肤,涂着鲜艳的红唇,波浪卷的头发。她朝我迎面走过来,我差点喊出沈蕾的名字。可是,那个女郎只是漠然地看了我一眼,从我眼前走过去了。我疑心她就是沈蕾,只是她不愿意和我相认罢了。

后来,我再也没有见过沈蕾,但是,我从来没有一天忘记过她。有的朋友，缘分尽了，彼此分开，再无交集。但是，他们仍旧固执地占据着你心里的一个位置。

在我很小很小的时候，我还有过一个好朋友。五六岁时，妈妈生了小弟弟，我寄居在外婆家。隔壁有个女孩子，在门口探头探脑，你叫什么名字？小橘子。你呢？小青。小青穿着一件淡绿淡青色的衣裳，我疑心她就是《白蛇传》里的那个小青。小青的爸爸妈妈，在外面开大船，家里只剩下她和奶奶。

两个同病相怜的人，须臾成了分不开的朋友。两个人成天橡皮糖一样黏在一起，去竹林里荡秋千，玩捉迷藏，说悄悄话。

小青说，小橘子，我们一辈子不分开，当好朋友。

我说，嗯，拉钩，上吊，一百年，不许变。

我至今仍记得，竹林沙沙，发出温柔的喧响，还有盘旋于淡青色竹竿上的一条响尾蛇。亘古的落日，那个瑰丽的夏天的傍晚。

很多年以后，我去探望外婆。走到竹林后面，看见了一个女人的背影，那个背影，看起来有点臃肿，我一时没有认出来。还是小青先认出了我，语气甚是惊喜：小橘子，是你呀。我讶异地想着，那个爱穿淡青色衣衫的小女孩，何时变成了眼前这个脸上长出了皱纹、身材臃肿的中年妇女。想必，在小青眼里，也是一样的讶异吧。时光多么残忍，一个转眼，把我们送至人生的荒芜之境。

昨日那两个天真的小女孩，现在去了哪里呢？

在我们的一生中，有很多朋友，只是陪你走过人生中很短的一程，渐渐地，彼此离散，终至音信杳然。

念师范时，有一个和我很要好的女孩子，名字叫雅琴，她也是文学社的，两个人一起疯狂地迷恋写诗，迷恋文学社那个穿白衬衣的男孩。有一个周末，我和雅琴坐上一辆大巴，去杭州逛了西湖。又去书城买了一大堆书。天快黑的时候，我们坐着大巴回到嘉兴。已经没有回乡下的公交车了，我们坐了一辆摩托车，两个人挤在后座上，一路嘻嘻哈哈。

雅琴跟我回了乡下，我妈围着她问长问短，喜欢得不得了。事隔这么多年，我妈仍然记得雅琴，问我，那个女孩子现在怎么样了？我心里一片怅然，我也不知呢。这么多年，我们竟然再也没有联系过。

念师范时，还有一个女孩子，名字叫丽夏，是我的同桌。她的几何特别好，经常教我做几何题。我呢，一看见几何图形，脑袋里就一片糨糊。每次都要生气地揉皱作业簿，扔掉笔。丽夏笑嘻嘻地把纸揉平，把笔捡起来。现在想想，那时多亏了她，我的几何课才没有挂红灯。

毕业以后，我和立夏见过几次，一次是她来嘉兴。我邀她去了禾平街上的小房子里，请她在家里吃了一顿饭。那个小房子，当时还是一个毛胚房，没有门，挂了蓝印花布帘子。地上铺了红黄蓝拼木。丽夏说，简，你还是象牙塔里的那个女孩子。

后来，在彼此的婚礼上又见了一次，见到的都是彼此一生中最美的样子，再后来，两个人渐渐疏于联系了。只有逢年过节想起，发个短信，寄上一张明信片。

还有一个女孩子萍萍，是隔壁班的，我和她都是文学社社员。萍萍除了我，她几乎没有什么朋友。我毕业以后，她继续念大专，有一天，她告诉我，有个电脑老师追她，长了一口暴牙。萍萍嘻嘻地笑。你喜欢他么？萍萍摇摇头。可是，那个电脑老师每天给她开小灶，教她编程，不知怎么感化了她，成了她的男朋友。

一个暑假，萍萍约我去金华双龙洞。她男朋友在浙师大读研究生。萍萍给男朋友打电话，问他在干吗。男朋友说，在睡觉。我们心血来潮，去了宿舍楼，询问到她男朋友住在哪一间。敲了很久的门，也不见有人来开。

我和萍萍下了楼，在门口一间咖啡厅里，看见了她的男朋友和一个女孩喝咖啡。萍萍走过去，把一杯咖啡泼在了那个女的身上，转身就走。

那个男的，站起来追她，追了一条马路。我跟萍萍说，小心他被汽车轧了。萍萍这才停下来，那个男的追上来问，你怎么来了？萍萍说，你不欢迎我来吗？

男的解释：她只是我一个女同学。萍萍说，女同学也不行。男的说，好好好，下次再也不敢了。于是，两个人和好了。可是，从此萍萍总是疑心那个男的对她不忠，有时男朋友对女学生亲近一点，萍萍就要生气，最后，两个人还是分手了。分手以后，萍萍瘦得很厉害，有一度还得了抑郁症。我去看她，她穿了一条天蓝色的连衣裙，像一朵鸢尾花。萍萍叹了口气：原来，我这么讨厌啊，谁也不跟我好。

我说，萍萍，我会永远对你好。萍萍说，真的吗？我说，当然是真的，骗你是小狗。萍萍笑了，她笑起来是那么好看，好看得要令我落泪呢。

洋人记

我有一个洋娃娃，蓝眼睛，白皮肤，卷头发。睡觉的时候，眼睛会合拢。起来眼睛会睁开，还会咯咯咯地笑。

我给她做了裙子、手套、袜子，扎了两根小辫子。我的洋娃娃，是世界上最美丽的洋娃娃。

这个洋娃娃，是童年时寄居在外婆家，隔壁的女孩子小青送给我的。记得第一次见小青，她在门口探头探脑。

你是小橘子吧。小青忽闪着大眼睛。

嗯。我还因为妈妈把我扔在一个陌生之地快快不乐呢。

我是小青。

我和小青很快成为了好朋友。两个人天天橡皮糖似的黏在一起。表妹吃醋了，咚咚咚来敲门。我们也不开，偷偷躲在门背后。表妹跺着脚说，小橘子，我知道你们躲在里面。

我和小青嘻嘻一笑。

表妹这样跋扈的女孩子，我才不想搭理她呢。尽管表妹长了一双丹凤眼，人见人爱。可是脾气实在太坏了，好像谁都要迁就她似的。我才不高兴迁就她。

小青就很温柔，说话轻声细语。小青的爸爸妈妈在黄浦江开大船，每次回来，都会带一堆好吃的、好玩的。有一次，带回来几个洋娃娃。村子里把许多稀罕的东西都带个洋字。譬如洋火柴、洋肥皂。

说这些东西都是由洋人带到中国来的。可是我一个洋人也没见过。

世上真有蓝眼睛、黄头发的人么？

有的。小青告诉我，有一次妈妈带我去上海滩，逛了一圈。呵，路上走来一个蓝眼睛、黄头发的外国人。还朝我打招呼呢。

我有点嫉妒小青了。我可没见过外国人，一个也没有。

我没有开大船的爸爸妈妈，不会给我买好吃的、好玩的。

可是，我的坏情绪一闪而过。小青说，我们来给洋娃娃当妈妈吧。

也许每个女孩子天生都会当妈妈。我和小青当起妈妈来有模有样的。给洋娃娃喂奶、换尿片、洗澡、穿衣服，乐此不疲，简直比真的妈妈还要像妈妈。

唔，我有点想念妈妈了。不知妈妈什么时候才来接我。快到八月底，妈妈来接我回家了。

妈妈对外公外婆说，这段时间麻烦你们了。这一次带小橘子回去以后，不再送过来了。因为小橘子九月份要念小学了。

啊，这么说，我和小青要分别喽。我们俩再也不能橡皮糖似的黏在一起了。

再也不能去竹林里荡秋千，玩躲猫猫了。

再也不能抱着洋娃娃，哼唱古老的摇篮曲了。

再也不能头抵头，分享彼此的秘密和悄悄话了。

听说我要回家了，小青急忙跑来，把一个洋娃娃塞给我，送给你。

啊，我真舍不得小青。可是妈妈已经把我抱到自行车后座上了。我

120

只好冲小青挥挥手。

我和小青后来又见过几次。不过每一次都是匆匆地没说上几句话。再说，由于分别时间久了，两个人仿佛有了隔阂，说话也变得客客气气起来。

只有小青送的那个洋娃娃，一直陪伴在我身边。我给洋娃娃做了一条淡绿色的裙子，取了一个好听的名字：小青。

这个会睁眼、闭眼，会咯咯笑的洋娃娃，是我永远的好朋友。

后来，我考上师范，念了英语专业。毕业以后，当了一名英语老师。这时候，小城里已经有很多洋人了。他们来自菲律宾、马来西亚、加拿大、英国。元培中学有一个外教，是个英国人，名字叫考林斯，蓝眼睛，高鼻子，长得十分帅气。

考林斯每个礼拜来我家吃饭，有时也一起看电影。考林斯很喜欢吃米饭，吃饱了，摸着肚子说："So full！"啥，舒服？我妈笑嘻嘻地说，原来这个洋鬼子会说中文啊。

真是鸡同鸭讲。我妈虽然一句英文也不会说。但她笑眯眯地看着我和考林斯坐在沙发上聊天。

有一次，考林斯去我教书的小学校，给孩子们上了一节英语课。小镇上的孩子们乐疯了。他们围着考林斯，扯他的卷发，摸他的高鼻子。这是他们见到的第一个洋人。

再后来，我搬到摩尔，小区里有好多邻居都是老外：德国人、意大利人、西班牙人、英国人、美国人、法国人，几乎什么国家的洋人都有。

我们家楼底下还有一对孪生子。爸爸是法国人，妈妈是中国人。两个蓝眼睛、黄头发的小家伙由奶奶带着。那个法国老太太，坐在楼道的木椅子上，穿了一条白袍子，手指间夹了根香烟。姿态优雅，乍一看，很像是杜拉斯。

那两个孪生子的中文、法语都说得十分地道。他们和妈妈说中文，和爸爸、奶奶说法语。上一句还是中文，下一句就是法语了。好像他们的身体里有一个神奇的语言转换器。我每次见到他们，只会笑嘻嘻地打招呼："笨猪。"他们也笑嘻嘻地回我："笨猪。"

有一年去嵊泗，结识了一个新朋友Tyren，是个美国人，在上海待了八年，找了一个中国广西的妻子，有一个六岁的儿子。Tyren告诉我他和中国妻子的爱情故事。他说有一天在地铁上，看见了一个圆脸蛋的女孩子朝他微笑。那笑容瞬间就击中了他的心。于是他向她要了电话号码，下班后约她出来吃饭。不久以后，他就追到了她。Tyren说，你们中国人不是因为fall in love，而是为了房子、车子，需要一个丈夫或一个妻子才结婚。我很想反驳他，可是不得不承认他的话似乎有点道理。

Tyren很爱他的中国妻子。几乎每天都要晒妻子、儿子的照片。去好几个地方兼职，赚钱养一家人。

无论洋人还是中国人，只要是人类，身上就有优点和缺点。

随着地球村的到来，洋人已与我们近在咫尺。

孩子他爸报了个51 talk，每天晚上坐在电脑前，由外教通过视频授课。

那个菲律宾美女老师Jiajia，蓝眼睛，黄头发，不知怎么，令我想起了三十年前小青送我的那个洋娃娃。

不过三十年，中国敞开了大门。说起洋人，已经一点也不稀奇了。

不久前外婆过世，我去参加葬礼，在青青竹林旁，邂逅了小青。

啊，那两个昔日天真的女孩子，何时变作了眼前的中年仆妇？但我们仍一眼就认出了彼此。三十载光阴疾驰而过，仿佛电影蒙太奇。

小青仍旧是那个穿了淡青色衣裳，笑着喊我名字的小青。

而小橘子，仍旧是昨日那个两滴眼泪挂在脸上，怯生生的小橘子。

小橘子，你一点也没变哦。小青拉着我的手，快告诉我你这些年的经历。

唔，简直不知从何谈起。要从何时谈起呢，我们分别的那一刻，还是那些从前分享过的秘密？可是话到嘴边，却不知说什么好了。

我和小青，已经在时光里分别得太久了。

小青送我的那个蓝眼睛、黄头发，睡下去会合拢眼睛，站起来骨碌骨碌睁开眼睛的洋娃娃，早已不知扔到哪儿去了。

我们曾说好要当一辈子的好朋友。

可是岁月太长，一辈子的愿望实在是太奢侈了呢。

姑妈记

大年初八,姑妈托我妈捎来八个粑粑、二十八个鹅蛋。姑妈的曾外孙满月。我的表侄女淑琴生孩子了,我当表姑婆了。姑妈已是七十多岁的老妪了,头发花白,大脸盘,乍一看很像是奶奶。姑妈年纪越大,和奶奶长得越来越像了。

小时候姑妈总夸我:小橘子是个孝顺、懂事的孩子。

姑妈嫁到隔壁一个村子。小时候姑妈做了好吃的,总是盛一碗放在杭州篮里,拎过来给爷爷奶奶吃。

有时姑妈和姑父晚上也会造访。买了话梅和瓜子,在爷爷奶奶的小屋里聊天、喝茶。爷爷坐在一张竹榻上,抽飞马牌香烟。奶奶忙着端茶沏水。我爸和姑妈、姑父喝茶,我妈在一旁织毛衣。我和弟弟一边嗑瓜子,吃话梅,一边听大人们聊天。姑妈的嗓门很大,有时要抢白姑父几句,姑父也不恼,笑嘻嘻任由姑妈抢白。

别看姑妈对姑父凶巴巴的,说起来,姑妈对姑父极痴心——有一次,姑父得了肝炎,那时候肝炎是很严重的传染病,听说治不好要死人。姑父不让姑妈陪，怕传给姑妈，姑妈不肯，说是要死两个人一起死。

在姑妈的悉心照料下，姑父的病很快痊愈了。姑父深为感动，一个为了照顾他连自己的命都可以不要的女人，天底下哪里去找哇？姑父从此和姑妈恩爱有加，形影不离。我从未见过村子里别的男人对老婆那么好。姑父半天没见到姑妈，就要向人打听："有没有看见我们家美宝？"村子里的人在背地里不免要嘲笑姑父："大年，你一刻也离不开你们家美宝呀？"说起来，姑父是个文化人，写一手好字。村子里的婚礼证婚词，谁家当兵寄到部队的书信，还有春联，都是姑父写的。这样一个温文尔雅的人，对老婆死心塌地，女人们不免有点嫉妒姑妈。

隔壁有个叫水珍的女人，总是无端找姑妈的碴。那个水珍，发起怒来像只母狮子。有一次叉着腰，冲着姑妈家的大门骂骂咧咧。姑妈也不是好惹的，打开大门和她对骂起来。这时候，姑父出来劝架。不劝还好，一劝，两个女人更来了劲。

水珍的丈夫阿华，也是村子里出了名的好男人。可是阿华的好及不上姑父的好。阿华没文化，又是个木头疙瘩。姑父长得一表人才，玉树临风，把阿华比到十万八千里之外。水珍由此对姑妈心生怨恨。

阿华那个老实人，也来劝老婆，结果被水珍拧着耳朵回家去了。姑父说，美宝，别跟水珍一般见识。让别人看笑话呢。姑妈气鼓鼓地说："哼，那个泼妇，吐她一口唾沫也嫌脏了我的嘴。"

其实姑妈心慈。姑妈生过一个儿子，在四五岁时溺水而亡了。姑妈哭天抢地，每天背着小儿子的木头枪在村子里走来走去，状若疯魔。后来，姑父百般安慰，终于渐渐好了起来。姑妈唯一的女儿二十岁即招了上门女婿，生了两个女儿。后来表姐夫赌博，输了一大笔钱，和表姐离了婚。表姐一气之下去了广州，把两个女儿淑琴、玉琴扔给了姑妈。姑妈又当了一回妈，把两个孙女拉扯大。

再后来，表姐夫遭遇了车祸，肇事司机跑了，姑妈拿出医药费，请了护工去照顾。表姐夫出院以后,一条腿瘸了,没地方住。姑妈把老屋拨给他住。淑琴要结婚了,姑妈让淑琴去请表姐夫。淑琴敲了半天门,表姐夫在屋子里看电视,并没听见敲门声。姑妈在门外大声喊,福林,福林。表姐夫开了门,姑妈说,福林,淑琴要结婚了,请你吃喜酒。表姐夫红着眼眶,喊了一声:妈。姑妈的眼眶也红了。

淑琴的婚礼上,淑琴的继父小王,表姐后来在广州找的那个男人,给了两万。表姐夫给了两千块红包。姑妈一点也不嫌弃给得少,姑妈说,福林的心意到了。唉,福林也可怜。表姐在一旁说,可怜之人必有可恨之处。姑妈说,红星,你的心何时变得这么硬了。福林好歹也是两个孩子的亲爹。况且现在不赌了,老老实实开残疾车养活自己。

姑妈家的新房子,一幢三层小别墅,买了一块公房的地造的。有几年租给建造高速公路的人,租金很可观。姑妈把这笔钱借给镇上一个开纺织厂的老板,说是可以拿比银行高两倍的利息。结果那个老板破产跑了,姑妈的钱也打了水漂。那一阵,姑妈很落寞。去田里干活,不小心用镰刀划破了腿,发了炎,烂了很大一个洞,后来植了皮也不见好,只好住院治疗。姑父劝她想开点,钱财乃身外之物。一家人平平安安、健健康康才顶要紧。姑妈这才幡然醒悟过来。有一次我去看姑妈,姑妈说,小毛小病不打紧,你那么忙,以后不要来了啊。说归这样说,姑妈心里到底是欢喜的。

淑琴生了个大胖儿子,姑妈比谁都高兴。姑妈失去过一个儿子,红星表姐又生了两个女儿。虽然是曾外孙,到底是个小子。曾外孙满月,姑妈大摆筵席,吃的是龙虾鲍鱼,这个一辈子节俭的老太太,终于阔气了一回。红星表姐买喜饼,姑妈不许,姑妈非要做粑粑。姑妈做了十屉粑粑,分赠给乡邻。白白胖胖的粑粑,点上一点红胭脂。姑妈说,这样才喜气嘛。

粑粑送到水珍家。姑妈笑嘻嘻地说,水珍,淑琴生儿子了。水珍也是当奶奶的人了，年纪大了不再撒泼了，也笑嘻嘻地贺喜，红星的娘，大喜事哦。两个人也算是一笑泯恩仇。

  姑妈回去跟姑父说，大年，咱们老了，日子倒过得美气了。姑妈家的别墅装修得金碧辉煌，像皇宫一样。大理石地板映得出人的影子。大厅里吊着水晶灯，长长的流苏垂挂下来。姑妈的孙女婿，是个勤勉、踏实的年轻人，开了一家装修公司。淑琴聪慧、美丽，在图书馆上班。姑妈总是说，淑琴长得像她表姑（我），是个孝顺、懂事的好孩子。真是枉担了虚名，我实则内心是个十分冷淡、薄情的人。

  姑妈养了几只鹅，生的蛋总要攒起来，托我妈捎给我，而我无以回报。我欠姑妈的，何止是这些鹅蛋啊。我欠的，还有一个白发老妪流水般绵绵不绝的、既朴素又深沉的爱。

祖母记

梦到祖母，梦里祖母非常年轻，只是头发全白了。梦里，祖母不与我说话。

有人说，死去的人为了保护你，在梦中才不与你说话。

在梦中，那逝去的一切，仍未曾逝去。故园的老房子，青砖地。砖缝里长出的西瓜秧，爬了蔓，开了黄花，结了青果。拇指般一粒。祖母每日浇灌，呵护那一粒青果。只是等不及长大，青果就落了。

祖母惘然垂泪，想起她早夭的小儿子，我的七叔。

七叔入赘到别人家里，做了别人家的女婿。那一户人家信基督，祖母信菩萨。大约因了这个缘故，七叔与七婶经常发生口角。有一天，七叔一气之下，喝了甲胺磷。祖母闻讯赶去，七叔躺在地上，口吐白沫。七叔冲祖母笑了笑说，妈，我没事。

可是七叔在被送到医院的途中就咽了气。

我们去参加七叔的葬礼，七叔躺在门板上，七窍流血。白发人送黑发人，我的祖母，一夜之间，头发全部白了，走路跌跌撞撞，一个神清气爽的老太太，忽然颓然衰败了。

七叔的墓在青龙湾。祖母每天都要去墓地看一看的她小儿子。姑姑怕祖母把眼睛哭瞎了，总是千方百计地阻止她去。可是祖母有的是法子，她总能瞒着姑姑偷偷地去。

春光融融，祖母摘了一束油菜花，放在小儿子的墓前。

小七，妈来看你啦，都是妈不好，妈知道你这么傻，怎么会让你去做别人家的女婿呢？

小七，妈给你送钱来啦，你要舍得花，在那边要过得开开心心的哦。

小七，过不了多久，妈就会来陪你。

祖母说了那么多话，可是墓地上静悄悄的，一点声息皆无。

祖母叹了口气，站起来。夕阳像一枚咸鸭蛋黄，从青龙湾的草坡上坠下去。坠入无边的夜色里。

有一段记忆是，祖母在屋子里刨甘蔗，甘蔗是从街上卖甘蔗的小贩那里捡来的，都是些梢头，刨掉皮之后，还能啃一啃，味道虽差了点，究竟仍是甘蔗。祖母把刨好的甘蔗养在清水中，供我们这些小馋猫享用。

祖母的小屋里，房梁上吊了一个竹篮。篮子里放着一些吃食：西红柿、黄瓜、几颗皱巴巴的枣子、八珍糕、麻饼。我们饿了时，爬到长凳上，把竹篮取下来，把里面的吃食偷掉一些，再挂回去。不晓得祖母太马虎了还是故意装作没发现，反正一次都没有穿帮过。

一次去姑姑家，回来的路上，我发了高烧，走着走着就吐了。祖母一路背着我，走了好几里路，夏天的日头毒，到家时，祖母差点中了暑。

我的头发长了虱子，祖母拿了一把篦子，坐在廊檐下的竹椅上给我篦虱子，篦到一只，用指甲掐一下，洇出一滩血迹。可是虱子怎么也篦不完，祖母没法子了，只好拉我去理发店，剪了个白白头。回到家，爸爸铁青着脸说，好好的女孩子家，这下怎么走得出去？祖母默不做声，连夜织帽子，第二天一早，那顶粉红色的绒线帽就戴到了我头上。

再年幼一些，我和祖母去地里种豆子。祖母锄一个坑，我种下一颗豆子，不一会儿，漫山遍野都是我种的豆子啦。那些豆子，吃了几场春雨，就长出绿色的藤蔓，开出淡紫色的花朵，还长了许多豆耳朵呢。它们是要倾听我与祖母说的悄悄话么？

祖母说，小橘子，长大了，考上大学，奶奶跟着你去城里享福。小橘子呢，也快乐地说，奶奶，小橘子要去北京上大学，小橘子一定也带奶奶去北京。北京有天安门，小橘子带奶奶去看天安门。

那些话，到很久很久以后，小橘子都没有忘记。可是亲爱的祖母，早已经不在人世了。小橘子未能尽孝，小橘子也未能让祖母享一天福。有一次，我跟一个朋友说起祖母，伤心地掉了眼泪。朋友说，傻瓜，祖母一定不舍得你伤心的。

小橘子忽然明白了，那个朋友说的没错。

祖母是突发脑溢血，送到医院已经无力回天。我们喊她，她似乎听得见，眼角滚落下泪珠。

祖母躺在灵堂里。姑姑牵了一个瘦瘦的女孩子过来说，文华，给外婆磕头。那个女孩子只是嘿嘿地傻笑。

文华是小叔叔的女儿。小叔叔喝农药自杀，也许另一个没有说出来的原因是，生下了这个弱智的女儿。

七叔去世时，文华不过两三岁。祖母一直不肯承认文华是个傻孩子。祖母说，文华只是不爱说话罢了。文华长得极其漂亮。一双水汪汪的大眼睛，一眨不眨地盯着你看，像个洋娃娃。可是一说话，就瞧出不对劲来。文华一说话，眼神呆滞、空洞，口水止不住地淌下来。

祖母把文华带回家，让她和我睡一个铺。我不乐意。祖母脸色铁青，拿起一根扫帚："小橘子，别以为娘娘（奶奶）不敢打你。"我从没看见祖母发这么大火，立马噤了声，领着文华去屋里。可是文华身上臭烘烘的，我捂着鼻子睡了一夜。第二天，任凭祖母怎么威逼利诱，死活不肯和文华睡一个铺了。祖母只好让七婶来接文华。文华拉着祖母的衣角不肯走。七婶大声呵斥她，文华才哭哭啼啼地跟着七婶走了。

祖母说，想必菊英待那孩子并不好。我妈说，小橘子她奶奶，菊英也不容易，嫁了人，又生了一个儿子，自是无暇顾及这个女儿。

祖母深深地叹了一口气，她是外婆。文华还有爷爷和奶奶。只是，文华的爷爷奶奶很凶。那一家人，本来就很凶，祖母有点愤愤不平地说。

我妈摇摇头，悄悄对我爸说，老太太管得也太宽了吧。

现在，祖母终于要去与她心爱的小儿子团聚了。小橘子不哭，小橘子想，也许祖母会感到开心的。十六岁的小橘子，最后一次坐在祖母身边，一遍遍抚摸着祖母的手，祖母的手凉凉的，一点温度皆无。

十六岁的小橘子终于明白，原来，这就是佛教所谓的人生有"生、老、病、死"之苦。

而死，是大悲与大苦，亦是大彻与大悟。

祖母去世的前一天，还在千亩荡里摸河蚌，那埋藏于淤泥深处，孕育瑰丽的珍珠之物，还静静地躺在木脸盆里。可是祖母去了哪里呢？祖母说好的，要给我做一锅雪菜炒河蚌的。祖母食了言，我从此再也不吃河蚌。

祖母的墓碑上刻着我写的字。当泥水匠的五叔用石头砌的，我用毛笔蘸了墨水写上祖母的名字，五叔再一笔一笔刻出来。炎炎夏日，我和五叔蹲在廊檐下刻祖母的墓碑。

春天的黄昏，我和祖母在阳台上晒棉布。

水泥栏杆上晒了一捆棉布，米白色。我很好奇，便问祖母这些白布为什么不裁剪来做衣裳。祖母说，现在还不行，等到娘娘（奶奶）死的那一天，才可以哦。

原来那是村庄里的老人在世时为自己准备的白布，又叫作老布。等到有一天，尘归尘，土归土，她要她的儿子、孙子，穿上一袭白衣，送她最后一程，与她永诀。

那时，我不知死是何物。死就是到一个遥远的地方去，并且再也不回来。祖母告诉我。

哦，就像七叔一样是么？祖母点点头。

祖母衣橱的抽屉里，还藏着一本七叔的日记本。那是那个在我记忆中面目模糊的小叔叔，留在尘世的唯一印记。

祖母并不认识字。央我一字一句念七叔的日记。念及"某月某日，与某人喝酒，借一块钱"。祖母着急起来，到底是谁欠的谁？我亦茫然不知。祖母跑去问那个人，那个人窘迫地从衣兜里拿出几块钱。祖母慌忙摆手，我不是来讨债的。我怕小七欠了你。

大雪之日，忽然想起祖母。如若祖母仍在世，应是一个九十多岁的老太太了。我十六岁以后的一切遭际，祖母恐怕永远也不会知晓了。祖母亦不知，她的孙女，深切感念时间的恩德。

那天看到马老师在微信圈发了一首《雪》：

"我欠你一场雪

一场从未下的雪

我宁可

欠钱

欠水

欠云

欠酒

欠粮

也不能再欠你

这场雪

同时

老天也欠我

　　这场雪

　　不管多么寒冷

　　却从来都

　　不曾下

　　为了你

　　我得借一场大雪来下"

一场雪，落了片白茫茫的大地真干净。想必祖母亦是欢喜的。

旧衣记

很久以前奶奶跟我说过一则兄弟两人轮流穿一条棉裤的故事，是说那一户人家很穷，冬天只买得起一条棉裤，于是哥哥穿的时候，弟弟只好在被窝里待着。

我小时候，也挨过衣服的穷。一年之中顶多也就做两次新衣服。一次是姑妈送的，因暑假小姨把表弟寄放在我家里，于是开学时特地剪了一块棉布送给我，再请裁缝店里的宋师傅做了一件衬衣。

另一次，则是过年的时候，妈妈特地给我和弟弟添置新衣裳。小孩子家大年初一要穿新衣，这是自古以来就有的习俗。因为要多穿两年，那衣服买得极大，穿起来肥肥的，一点也不好看。

可仍是盼着过年买新衣，有时是大红色呢大衣，有时是滑雪衫。最阔的一年，是一件皮夹克——那一年，爸爸做生意赚了点小钱，我呢，也已经长成了十几岁的花季少女，那一阵村子里流行穿皮夹克，于是爸爸也给我去海宁买了一件，记得是咖啡色的，有个毛领子，照例很肥大，才穿了个新头，就被妈妈收起来放在樟木箱子里——妈妈喜欢把好东西藏起来，藏着藏着就忘记了——那件皮夹克，等到有一天从樟木箱子里翻出来，满是樟脑丸味儿。我后来再也没穿过。

念师范的时候，妈妈给我的零花钱中很大一笔都用来买衣服了。（这个坏习惯沿袭至今，每个月的工资，几乎一大半都用来买衣服了）那时只去小商品市场淘衣服，十几二十块钱一件，料子很差，可是款式不错，并且又只买得起那种衣服。

甚至也买过二手的。学校菜场附近有个地摊，卖旧衣，大多颜色黯淡，款式陈旧，运气好的时候，也能淘到一两件好的，只须花几块钱就能拿走。那一阵真是迷恋上了旧衣摊。买回来用香皂洗干净了晾在太阳底下，那种米白色、烟灰色的棉布衬衣，有一种岁月的味道，尽管我不晓得哪个女子曾穿过它，那个穿过它的女子如今在哪里？可是，穿着那旧衣施施然穿过闹市的时候，分明觉得有人在回首朝我看。

青春是这样鲜艳浓烈，纵使一袭旧衣亦挡不住它的光华。

师范三年级召开春季运动会，作为入场仪式升旗手的四个女孩子之一，须穿一件大红色运动服。可是我没有大红色运动服呢。于是只好去找红莉借。虽则在同一个年级，许多人却并不认识。但有些人，注定会相识，比如我和红莉。

记得面试那天，我在考场门口的走廊上遇见她。她侧身坐在一张木椅子上，手里捧着一本书。我走过去一看，是顾城的诗集。

"草在结它的种子，风在摇它的叶子。我们站着，不说话，就十分美好。"

阳光照在草坪上。红莉抬起头，朝我微微一笑。不说话，就十分美好。不知怎么后来两个人还是搭讪上了，才发现，我们的名字里都有一个红字，并且都是家中的长女，有一个弟弟。

开学第一天，我们在校门口又遇见了，两个人很快橡皮糖似的黏在了一起。

想必红莉的家境尚可,她有一箱子衣服,大约都是那时候最时髦的款式。她人长得又极漂亮,忽闪着一双大眼睛,是那种人群中一眼就能认出来的女孩子。

那会儿,赵薇扮演小燕子的《还珠格格》正在热播。说起来,大眼睛的红莉长得有点像赵薇。她甚至走起路来都是一蹦一跳的。特别是她的那件大红色运动衣,胸前有个米奇图案,十分活泼可爱。

那件衣服穿到我身上,我亦变得活泼了许多。红莉笑嘻嘻地说,真好看。那一个春天的黄昏,天上云彩涌动,我和红莉伫立在女生寝室楼的窗子底下,窗前有一株玉兰树,隐约闻得见香气。

玉兰花闹哄哄的,像一群到处乱跑的疯丫头。那真是一生中最好的时光了。只是当时的我们惘然不知呢。

另一次,参加学校举行的主持人大赛,红莉陪我去婚纱店租了一条天蓝色的蓬蓬裙。那条裙子的裙摆很大,一直拖到地板上。上台之前,红莉还一直跟在我身后帮我拉着裙摆。一边拉一边还打趣道,今天你好像是新娘子耶。

十八年以后,红莉开了一辆宝马来接我逛街。彼时两个人已是为人妻、为人母,眼角眉梢亦有了皱纹。只是不改顽劣。

照例勾肩搭背,伫足在街角的奶茶店,一人买一杯热可可,然后大摇大摆地去逛街。逛的是一家小店,一人淘一件一百块的棉衬衣。红莉把她那件棉衬衣在身上比试了一下,得意扬扬地说,怎么样,穿在我身上看起来是不是像一千块的?我笑答,是,老板娘。

而我眼前依稀浮现的,仍是那一个春天的黄昏,那两个站在白玉兰树底下轻声交谈的、十八岁的女孩。

寺庙记

我住的村子名字叫青龙港，这村子颇有些来历，传说当年小青勇斗法海，受了伤，跌落于此，于是化身成了一条蜿蜒的小河。

龙头上有一座寺庙，即栖真寺。

小时候我经常跟着奶奶去庙里烧香，那个庙里的和尚见了我，总是笑嘻嘻的。

他长着吊梢眼，浓眉毛，活脱脱是从佛殿上走下来的一尊罗汉。故而大家都叫他罗汉和尚。

"小橘子，莫爬树。"

有一次，我像一只小猴子爬到大雄宝殿前的一株银杏树上，两只脚挂在树杈上下不来了。罗汉和尚搬了一把梯子，把我解救了下来。

我不但没有谢他，还质疑道："电影里那些少林寺和尚不是都有武功的么，可以飞檐走壁，你为啥爬株树还要搬个梯子？"

罗汉和尚仍旧笑嘻嘻地道："贫僧不会武功。"

"那你会啥？"我好奇地问。

"吃斋、念经、撞钟。阿弥陀佛。"

"哦，原来如此。做一天和尚撞一天钟，说的就是罗汉和尚你呀。"我一边笑一边逃开去。

大雄宝殿前有一口大钟，雕饰着富丽的花纹。

有一天，我走过步云桥。看见桥底下的廊柱上写了两句桥联，上联写着："行云暂住且听八百杖钟声。"于是跑去问罗汉和尚。

"这说的是不是你敲的钟声啊？"

罗汉和尚听了，笑一笑说："是也非也。阿弥陀佛。"

说的是什么劳什子话嘛。不过罗汉和尚纠正我说，小橘子，那个不读杖，读 chǔ。木字加个午字。

我回家翻字典，果然是个杵字。这才发现，罗汉和尚原来很有文化。

说起这栖真寺的历史，民间流传着一则小故事，说的是乾隆年间，当时的寺庙是个香火鼎盛之地。一日，住持在寺中巡视，见到大雄宝殿里的横梁弯曲变形了。于是他请来木匠师傅，想要换一段新的横梁，可是当木匠爬到了屋顶上取下旧梁，却在这段横梁中发现了藏有一段长着两个穗的稻子。

"像这样长有两个穗的稻子，历史上只出现在唐朝武则天的时候，一定是那个时候建庙时有人放上去的。"住持喃喃自语道。

"那么，我们的栖真寺，也一定也是那时候建成的喽。"住持继而欢欣雀跃起来。

这消息就像长了脚似的传到了村民的耳朵里。大家纷纷议论。

有人问："为什么稻穗可以放置千年不腐不烂呢？"

"因为它放在了庙宇的顶上，自然是受到了菩萨的庇佑。"另一个人回答道。

据清末《闻川志稿》记载，北宋开宝二年，有一位宝月大师云游到麟瑞乡丁安荡畔，即现在的栖真寺旧址时，见此地"地广境幽，绝无尘迹，足可栖真养道"，于是筑茅庵以弘扬佛法。

据说明代的高僧憨山大师曾来过栖真寺，拜了恩师云谷和尚之塔，并写下了一篇《栖真寺置长生田引》。

云谷大师，乃明代四个高僧之一憨山大师的先师。憨山本姓蔡，名德清，字澄印。明万历四十五年，即公元1617年春，憨山大师去余杭径山寺凭吊达观大师，路过嘉兴，应麟溪（今池湾）沈旅渔之邀，到沈氏家中小住，并去栖真寺拜了恩师云谷和尚之塔，见寺庙颇为荒寂，于是明万历丁巳三月初八那天，大师磨墨写下一篇《栖真寺置长生田引》，为行书，全篇四百六十余字。

憨山大师在"引"中写栖真寺："创于大宋，地广境幽，绝无尘迹，足可栖真养道，故受此称，盖福地也。"

此篇碑文，我在网上搜索时，见有人挂出售卖3500元人民币，并标注"已售"，不知后来为何人所得。

大师写下了那篇"引"之后，栖真池湾人沈旅渔居士捐田48亩，以供僧人，寺庙香火复又旺盛起来。至明代天启年间，如山和尚重修了大雄宝殿，之后规模越来越宏大。据《嘉兴市志》记载："当时占地三十二亩，殿宇宏伟，雕塑精美，其建筑仿照杭州灵隐寺。"

镇上的老人说，当时"寺宇焕然一新"，最为鼎盛时期有天王殿、大雄宝殿、星宿殿、阎王殿、斗母殿、地藏殿、千佛阁、禅堂、方丈室、藏经阁、吕祖殿。和尚统共有100余人。每日晨昏，都有一位和尚爬上梯子，去敲安在大雄宝殿里的那只巨大的铜钟，还有一面直径大约两米的大鼓，是谓"晨钟暮鼓"。

到了午时，快要吃饭的时候，小和尚手执木槌，"当当当"地敲一只木鱼，声音脆而响。这是在通知僧众们进食斋饭，又称敲"芸柏"（音同）。

寺中的和尚纷纷从佛殿后面走出来，一时袈裟如云。那只木鱼，就挂在吃斋饭的廊檐下。它有着一层"自警"的含义。因为"鱼昼夜未尝合目，亦欲修行者昼夜忘寐，以至于道"。

夜里的钟声，则格外深沉厚重，一记一记，不疾不徐，统共要敲一百零八下，谓之敲幽瞑钟，乃是专为地狱沉沦受苦的众生所敲。《增一阿含经》云："若打钟时。一切恶道诸苦，并得停止。"

《增一阿含经》又说："如果听到钟声，以及佛的经咒，就能够消除五百亿生死的重罪。"

不过到了我小时候，寺庙已经变作了粮站，只余下朝南埭上的一座旧山门，与一间大雄宝殿和两株银杏树。

巢谷的船只，从寺前的小河一直排到青龙港、钱家港。画家缪惠新说，如果把栖真寺比作龙头，那么青龙港、钱家港就是两条龙须。所以住在龙须上的我是非常自豪的。甚至在那些偏僻的村子里来的小伙伴面前有了那么一点趾高气昂。

巢了谷，爸爸带我上了岸，去阿庆嫂的馄饨店吃一碗荠菜馄饨。坐在临河的窗子边，那条缎带似的小河上，映照着天光与云影。

到了冬天，爆米花的人蹲在栖真寺门口，穿了一件军绿色的大衣，嚷嚷着爆米花啦，爆米花啦。小孩子团团聚拢在他身边，等着他那只大麻袋里，变戏法似的倒出一片雪白的爆米花。

寺里平时住的也只有罗汉和尚一个人，又挑水又担柴，还得自己炊米煮饭，做课诵经。遇到做法事的时候，从别的地方会过来几个和尚。那些和尚脱了和尚袍，仍旧下地的下地，吃肉的吃肉。

罗汉和尚却只是食素。

寺后面有个荒芜的园子。里面有一口古井，井上压了一块大石头。

自从看了一部《火烧红莲寺》之后，我一直疑心那井上的大石头藏着机关，底下藏着一个秘密的地道，但好几个小伙伴合力也搬不开那块大石头。

我跑去央求罗汉和尚帮忙。罗汉和尚板着脸说："小橘子，以后不许再去后园。不然甭想来庙里玩耍，我保准你连山门都进不了。"

罗汉和尚板脸的时候，样子看起来很凶。于是我便噤了声。暗地里却偷偷去打听那口井的来历。

原来那口井淹死过一个人，而且还是个女人。这是罗汉和尚喜欢的一个女人么？我暗自想着。不是不许和尚喜欢女人的么？不过也不一定，和尚要戒荤。但道济和尚（就是济公）却吃荤，还喝酒呢。

还有活佛仓央嘉措，雪夜去会情人。还写了许多情歌给那个女人呢。

这么说起来，要是罗汉和尚有个相好也并不稀奇喽。

我妈说，阿弥陀佛，不许你玷污宗修师傅，哪来的什么相好？宗修师傅就是罗汉和尚。姓释，与释加牟尼一个姓。

我妈说，那是一个为情所困的女人，因她爱的那个男人爱上了别的女人，于是就跑到庙里投了井。我妈说完，冲我挥了挥手说，去去去，小孩子胡乱打听这些做啥？

我朝我妈的背影吐了吐舌头。别以为我不懂，我都看了琼瑶阿姨写的《梅花三弄》："问世间情为何物，只教人生死相许。"

爱情可不就是一件教人要寻死觅活的事情么。

哎呀，可是那个女人真傻，既然那个男人不喜欢你，也就不要喜欢他好了嘛，再不行，就去当尼姑好了，投啥井嘛。难不成投了井，那个男人就会回心转意爱上她？

说到底，女人就是麻烦。可是我长大了也会变成一个女人呀。我将来可一定要找一个一心一意爱我的男人。阿弥陀佛。

在菩萨面前"咚咚咚"磕了几个响头之后，我暂且忘记了那口枯井、那块大石头、那个女人。继续一个人在庙里瞎转悠。

在大雄宝殿后面，我发现了一幢小木楼。那幢小木楼的门上贴了一个封条。

我撕了封条，钻到里面去，那个楼梯摇摇欲坠，走起来嘎吱嘎吱作响。来到二楼，竟是一间书房。一个书架，上面空空如也。

书桌上放着一本工作笔记，摊开的那一页上，写着几点钟开一个什么会议。

旁边还有一本小说。

这里究竟住过什么人呢？我把那本小说揣进怀里，偷偷溜出了木楼。

罗汉和尚不知怎么发现了我，冲我喊："小橘子，没看见这是一座危楼么？下次再敢闯进去和尚我就揍你。"

"来呀，揍我呀揍我呀，罗汉和尚揍人啦。"我一边跑一边从他身边飞快地溜过去。

跑得老远，还看见罗汉和尚一个人伫立在银杏树底下。风吹起他寂寞的身影。

几朵乌云从他身后飘过来。墨汁似的涂了一大片。

我躲在屋子里读那本偷来的小说。我妈说窃书不算偷，这是我这辈子唯一偷过的一本书。我还记得写的是一个名字叫凌云的女孩子，如何奋斗的成长史。

很多年以后，我一直记得，那天后来下了一场大雨。浇似的从头顶浇下来。

我伫立在窗口，忽然体会到一种"永恒"的感觉。

一刹那九百生灭。但在那一个刹那，那一口后园里的枯井，大雄宝殿，那一幢危楼，那一本窃来的书，银杏树，罗汉和尚和我，万物与苍生，也许竟是永恒的呢。

出走记

也许世上每一个小孩，都生过妈妈的气。我也不例外。

我生气是因为，妈妈生了小弟弟，不再爱我了。妈妈把我寄居到外婆家。尽管外公这个老头子十分有趣，总跟我讲一些稀奇古怪的事情，什么水浒传、七侠五义，什么牛郎织女，什么天仙配，甚至还有什么外星人。但我仍旧闷闷不乐。

因为我是妈妈的女儿，又不是外公的女儿。外公再好，也没有妈妈亲呀。外公不乐意了，小橘子，你这么说就不对了。什么妈妈的女儿，外公的女儿，你妈妈还是我的女儿呢。

外公翻了脸，我只好向他赔罪。保证以后再也不说这样的话了。

可是，一个人真的能做到不小肚鸡肠吗？反正我做不到。我仍旧时不时嘀咕妈妈的不是。总之，一切都是那个叫弟弟的讨厌的家伙带来的。

自从妈妈生了小弟弟以后，她哼歌给小弟弟听。并且，她对小弟弟说话总是和颜悦色。对我嘛，总是摆出一副严肃的神情：你是姐姐，凡事都要让弟弟。就是吃苹果，我妈也会说，大的给弟弟吃，你是姐姐哦，要懂得谦让。我是姐姐，但我不过只是一个七八岁的小姑娘呀。再说干吗什么事情都要让着弟弟。难道弟弟做错了的事，我也得要让着他吗？我偏不。

英子的弟弟就是个小恶魔。天天向英子的妈妈告状，说姐姐怎么欺负他。结果，英子的妈妈每天都要揍英子。弟弟的拖鞋掉了一只，也要赖到英子头上。

我跟那个野蛮的妇人说，凭什么？

凭我是她的妈。

我看不是亲生的妈，是后妈吧？

小橘子，看我不揍你。英子的妈妈跳着脚追我。

来啊来啊，英子妈揍人啦。我跑得飞快。

我可不能重蹈覆辙。我得让弟弟晓得我的厉害。

有一次，妈妈去城里给弟弟买了变形金刚，啥也没买给我。哼，看我怎么收拾你。等妈妈走了以后，我把变形金刚摔在地上，摔了个粉身碎骨。弟弟伤心地哭了。我说，不许哭。再哭我就揍你。

弟弟果然不哭了。

也不许告诉妈妈是我摔的，要是说了就有你好看。

说实话，弟弟从不敢忤逆我。我的弟弟，是天底下脾气最好、最温柔、最善良的弟弟。妈妈给他的大苹果，他偷偷拿来孝敬我。妈妈给他买的玩具，他也总是和我一起玩。

初中毕业以后，考上中专的弟弟撕掉了录取通知书，去了镇上的一间工厂上班。弟弟的理由是，爸爸妈妈年纪大了，姐姐在外面念书，他得撑起这个家。

第一个月领到工资，弟弟去百货商店买了一盒玉兰油送给我，那是我人生的第一盒化妆品。

许多见过弟弟的人，都以为他是哥哥。有时候，我也这么以为。小时候村子里的人总说弟弟长得漂亮，双眼皮，鹰钩鼻。我讨厌他长得这么漂亮，衬托得我越发黯淡。现在，村子里的人说，还是姐姐后生（年轻）。

但小时候的我，是那么骄蛮、任性。我讨厌弟弟，讨厌他把妈妈对我的爱夺走了。

有一次，去姑姑家吃饭回来，走夜路。妈妈抱着小弟弟，我一个人走在后面。经过坟地的时候，我怕得要死。我怕被鬼抓去。我喊妈妈，妈妈。可是妈妈走得飞快，一点也不管我。

妈妈一定是不爱我了。我心里委屈极了。我决定离家出走。

我躲在被窝里哭了一夜，想着以后再也见不到妈妈、弟弟和这个家了，鼻涕和眼泪涂满了被子。可是，我不能不离家出走啊。我总得让妈妈着急一次。不然，恐怕她永远不会对我好呢。

我拿了一个背包，背包里放了一个洋娃娃。那是我最心爱的洋娃娃（尽管缺了胳膊断了腿，可好歹还是一个洋娃娃啊），那还是弟弟没有出生时，妈妈送给我的。

我要带着洋娃娃，去浪迹天涯。

我从村子里出发了。走过天生家，天生说，白白头，天黑了你还去哪儿啊？

我没搭理他。这个天生，专门捉弄我。我头上长虱子，剃了白白头，他就给我取了个白白头的绰号。拜托他看清楚，我现在已经是个长发及腰的小姑娘了好不好。

经过永福家，永福问，小橘子，这么晚了，你一个人要上哪儿去？

要你管。我没好气地说。永福是个鳏夫，养了一条狗，名字叫福贵。永福和福贵住在草房子里，像一对兄弟。走路的样子也越来越像啦，弓着背，弯着腰。

是啊，我要去哪儿呢？天大地大，哪里才有我的家？走着走着，我不禁悲从心来。我想，管它呢，反正我这一次一定要离家出走，我就是要让妈妈着急，让妈妈后悔，让妈妈难过。

我越走越远，天越来越黑，风呜呜叫着，像鬼的声音。我害怕地瑟瑟发抖起来。

妈妈，妈妈。我哭了起来。

小橘子。远远地，我听见了妈妈的声音，还有天生、永福和福贵的声音，一个村庄的声音。那么多声音，跟着一个火把，为寻觅我而来。

福贵第一个找到了我。福贵冲我高兴地汪汪叫着。

然后，我看见天生和永福，还有那个红彤彤的火把。火光中，我看见了妈妈的脸，满是急切和担忧。

小橘子——妈妈见了我，冲我扑过来，紧紧地抱着我，小橘子，吓死妈妈了。我以为你被坏人骗走了。

啊，原来妈妈是爱我的。我抱着妈妈喜极而泣。

当年的小橘子，有一天当上了妈妈。当年的妈妈，有一天当上了外婆。有一次，小橘子跟妈妈说，妈妈，我想对你说一声"对不起"。妈妈笑着说，哦，你做错了什么事么？

呃，不是现在啦，是小时候，妈妈你还记得不，有一次我离家出走……

有这么一回事么？妈妈笑着说。妈妈是真的不记得了，还是故意忘记了。也许，妈妈早就识破了小橘子的诡计呢。

总之，小橘子后来再也不吃弟弟的醋了。因为小橘子知道了一个秘密：世上没有一个母亲不爱她的孩子。

现在，我要把这个秘密告诉你。亲爱的小姐姐们。

也许，知道了这个秘密以后，你们不会有小橘子的烦恼啦。愿你们永远快乐、幸福。

鞋子记

　　这个冬天，买了两双雪地靴。一双烟灰色，上面缀满了"宝石"，bulingbuling 的。还有一双宝蓝色，有一圈貂毛。穿上这两双雪地靴，简直可以走到冰天雪地的西伯利亚去。

　　是在八佰伴一家名字叫色非（so fit）的店里买的。那家店不仅卖鞋，也卖包包。大大的黑色的帆布包，可以装一台苹果电脑。我一口气买了两个。

　　我有点恋物癖，喜欢的东西恨不得买一打。唯恐用坏了以后，再也买不到同款了。我有一个烟灰色布包包，是在旭辉一家店里买的，当初喜欢至极，但是用旧了、坏掉了以后，旭辉的那家店关掉了。再也买不到一模一样的了。为此很是惆怅失落了一番。后来，买东西会买 double。有时一周穿同一条裤子，引得别人侧目：这个人怎么这么邋遢？殊不知，我有两条一模一样的裤子呀。

　　说起来很惭愧，我的脚长得太大，足足有三十八码，遇上一双心仪的鞋子并非易事。记得有一年冬天，在吉水路一家卖军用物资的店里，订做了一双军靴：军绿色、高帮，穿起来有点笨拙。

那个十八岁的少女，穿上那双军靴，搭配一条大红色羊毛裙，又娇柔又帅气。那双军靴穿了很多年才扔掉。

有一次，在一个朋友家，看见一张旧照片。照片上的我，正是穿了那一条羊毛裙，一双军靴，巧笑倩兮，美目盼兮。心里真是感慨了又感慨：呵，那果真是我么？那一双黑漆漆、吃冰激凌的眼睛，何时蒙上了阴翳？一颗心再不复旧时欢喜。

小时候穿的布鞋，是我妈一针针纳出来的，我妈总是拿着略大一点的鞋样，因为等她做好鞋子，我们的小脚早就又长了一大截了。小时候穿鞋子就是过节。因为过节时才有新鞋子穿。我们穿着新鞋子走亲戚，踢毽子和跳皮筋仍穿旧鞋子。

我妈没啥审美眼光，做的布鞋也丑死啦。大红、玫红色的鞋面，说不出有多土气。我很不情愿地穿上那一双布鞋去上学。有一次，我看见同桌潘宇良的目光落在我的布鞋上。我立马缩回脚，看见我的布鞋破了一个洞，我的大拇脚指头露出来啦。我又羞又气。回家央求我妈给我买一双小红皮鞋。我妈不答应，好几天我都没跟我妈说话。

后来，学校六一节演出，我有一个讲故事的节目。老师说要穿白裙子、红皮鞋。我妈得了老师的令，自然立马给我去买了一双小红皮鞋。那双小红皮鞋，不知有多珍贵。我几乎天天穿着，后来挤脚了，脚后跟磨出了水泡，仍舍不得扔掉。

痛得泪水连连之际，我想到了那个走在刀尖上的人鱼公主，终于明白了：爱与美，皆是要付出代价的。

念初中时，有一阵流行穿回力鞋。那种白色鞋面，红色鞋带的鞋子，搭配一件白衬衣、牛仔裤。那个豆蔻少女，从香樟树的浓荫底下走过来，去邮局寄一封信。

那时候，我疯狂地迷恋三毛。虽禁锢在一个闭塞的小镇，一颗心早就飞到了万水千山之外。

很多年以后，我去台北，酒店的窗外有一条爱河。爱河的三角梅开了。亲爱的三毛早已不在人世。只有那个女孩子，仍固执地想要寻觅她的踪迹。我打开随身听，放入一盘磁带，三毛的声音从里面传出来。

那个声音，那么天真、纯粹，仿佛不是人间的声音。我听了心里真是又寂寞又哀愁。

女人最爱的是那一双水晶鞋吧，金灿灿、亮闪闪的，穿上去，映衬得一双纤纤玉足宛如璞玉。旖旎的夜色中，女人独自走在大街上。低头的刹那，呵，那一双水晶鞋发出璀璨的光芒。女人不禁疑心自己就是那个童话中的灰姑娘。

可是要想把一双大脚塞进一双漂亮的水晶鞋，还真是有点难度。高跟鞋就更不用说了，穿了简直像受刑，只在结婚那天穿了一次，就发誓再也不穿这种"在刀尖上舞蹈"的鞋子了。

我有过一次提着鞋子走路的经历。有一次去杭州，想要臭美，穿了一双玫红色小羊皮鞋，搭配一条羊毛裙，在家里穿的时候并不觉得挤脚。可是下了火车站，走了一段路，脚后跟就火辣辣地痛起来，只好把鞋子脱掉，一直走到西湖边，找到拐角处那家老北京布鞋店，买了布鞋换上，这才高高兴兴地游西湖去了。

想一想，一个人的脚是最要爱护疼惜的。一生的路程，它都不辞辛劳地替我们走下来。每一双脚实在都应该找到一双好鞋。穿上一双舒适合脚的鞋子，走再远的路也不会觉得辛苦。

小城中，生意最兴隆的要数老北京布鞋店，在市区开了四五家连锁店，价格便宜，款式也很多样。我隔一阵就去逛一家，看看有没有不重样的。去的最多的是勤俭路上的店，老板是个很细心的人，每一双鞋子都编着一个号码，卖掉一双画去一双。老板很会做生意，买鞋时会送顾客一双纯棉鞋垫。

有一次去朱家角，沿街的店铺里摆满了绣花鞋：玫红、淡青、湖蓝、墨绿，看起来美极了。草妹妹挑了两双墨绿色的，送我一双。鞋沿镶着金边，鞋面绣着细碎的花朵。后来，草妹妹又赠我一条墨绿色的连衣裙，灯芯绒的料子，七分袖，大裙摆，搭配这双绣花鞋，穿起来很有民国范儿。

我喜欢平底鞋，顶好是那种大大的，有点呆头呆脑的牛皮鞋，穿起来十分舒适。幸好，这几年流行混搭，纵使穿一条裙子，搭配那样一双牛皮鞋，也不会显得奇怪。别人还以为这是一种时尚呢。

不过我妈总嘲笑我。说我脚上穿了一艘船。鞋子与船，多好的隐喻啊。那一双牛皮鞋做的船，带着我航行在茫茫人海。

今年流行马丁鞋。那种大头、粗犷的鞋子。暗地里觉得，这鞋子是有人特地为我订做的。我的大脚，忽而遇到了知音。一口气买回来很多鞋子。久而久之，鞋柜里也塞满了鞋子。

不过现在的女子，哪一个没有十几双鞋子？有的鞋子买回来压根就没有和脚亲热过，因为发现没有合适的衣服穿，只好束之高阁。总不能为了一双鞋子，再去买一套衣服回来吧。

人其实是恋旧的动物。穿惯了一双鞋子，就愿意天天穿着它，对它充满了爱恋。一个成年人，其实只要有一双鞋子就足够了。穿坏了再买新的。可惜很少有人明白这个道理。要是一个人有几十上百双鞋子，每天出门站在鞋柜前，她心里也许有国王般的满足，可一定也有踌躇：到底穿哪一双好呢？

说起来是这样，可是遇见心仪的鞋子时，我仍旧忍不住想买。我想着也许有一天，兴许可以穿上它，坐上火车去远行，去见一片风景，去见一个人。

鞋子永远不知道自己会遇见怎样的主人。我们也永远不知道，鞋子可以带着我们的脚，走多远，去哪里，遇见谁。

电脑记

念师范时，有一次学校处理一批电脑，一台五十块，我买了一台。虽说是电脑，其实是打字机，并且只能打英文。也不知当时的我是怎么把那个庞然大物搬回家的。总之那台电脑，现在还在我妈家的阁楼里呢，算得上是个老古董了。

毕业以后，我在一所乡村小学教课。下班以后经常呆在办公室，批作业、码字，再去校长室唯一的那台电脑上打印出来。多年以后，昔日的老校长遇见我，笑呵呵地说："丫头，你在打字的时候，晓不晓得我们在开会？"啊，我一脸茫然。

那时的我，不免有点傻乎乎的。今时今日，大约不会再做这样没有眼色的事情了。

有一阵，我迷恋上了写信。夜里爬上床之前，总要拧亮一盏台灯，用蓝墨水给远方的人写信。云中谁寄锦书来。大雁一会儿排成一字形，一会儿排成人字形，由北向南，旖旎而去。

似乎一支笔一张纸，就可以安度人间好光阴。当然，如果再有一台电脑，那就太好不过啦。

除了在校长办公室蹭电脑，有一段时间，我还经常去姑姑家。姑姑家来了一批修建高速公路的工程师，有一个办公室，摆了好几台电脑，反正空着也是空着。直到某天，姑姑跟我谈及其中某个工程师，说是对我有点意思，问我愿不愿意当他的女朋友。

愿意个头啊，拜托，这种事情还得托人来问，此人未免是个榆木疙瘩，才不讨人喜欢呢。我只好落荒而逃，再不去姑姑家。

有一年，家对面的幼儿园，来了一个城里的女孩当园长，名字叫陈圆。晚上陈圆一个人住在宿舍里，觉得害怕，就让我去陪她。于是，我顺理成章地出入于园长办公室。通常，我坐在她的黑色真皮椅子上码字，她坐在一旁的小沙发上看书，彼此各忙各的，互不干涉。

现在想来，那一段青春好时光。我和她都不曾虚度与辜负。

案头有一本诗集，就是那个时候写的，用十六开的白纸打印出来，制作了线装本。现在，那白纸已略略泛黄，纸上的文字亦稚嫩青涩，然而它记录的，却是一段最美的时光。

陈圆呢，亦在那段日子拿到了自考大专文凭。有一天晚上，她说要回城里去了，城里有个幼儿园想聘请她去当园长。

"你以后，不再回来了么？"我知道从此山高水远，与她将不再相逢。

那一阵，虽然心中有点怅惘，但值得一提的一件好事是我拥有了人生第一台电脑，那是我的一个生日礼物。有个不知天高地厚的家伙，在我生日那天，竟然向我求婚了，我想都没想立刻答应了下来。

毕竟，他送给我的可是一台闪闪发光的电脑啊。

——那个时候，电脑还是稀奇、昂贵之物，男友几乎花掉了所有的积蓄。此后有很长一段时间，男友三餐在食堂吃饭。一半是因了男友的一番真心，另一半嘛，当然是因为收到了这个金光闪闪的礼物，我决定与此君共度一生。

后来男友晋级为老公,那一台电脑旧了,老了,却一直舍不得扔掉,跟着我们一起进了城。一直到我们再一次搬家,才卖给了收废品的。

再后来,我拥有了一台笔记本电脑:联想,黑色。那是比较老式的笔记本,现在看起来太笨重了,但在当时可是我的宝贝。不过联想的蓄电池太差了,用到后来,每次开机、关机都要好几分钟。一怒之下,买了一台苹果电脑。这真是一台闪闪发光的电脑啊(键盘闪闪发光)。我无论去哪儿都带着它,几乎睡觉也抱着它。

总之,从第一台电脑(那台打字机),到现在为止,已经陆陆续续换了五六台电脑。

这世界变化快,不晓得将来还会换一台什么电脑,走进一个怎样的人工智能时代。

不久前回乡下,顺道去了一趟当年教书的小学校。发现那里已经变成了一个小作坊,教室改成了车间,有几个女工在日光灯盏底下劳作。昔日的操场上,长满了杂草,堆满瓦砾、沙子与车辙——偶尔有附近村民的汽车开进来泊着。

我一时怔怔地伫立在那里,鼻子有点酸酸的。

抬头恍然看见昨日。那个穿了白衣黑裙,抱了书本,从操场上走过去的女孩子。阳光照耀着她年轻皎洁的脸庞,那画面唯美,因时间逝去而定格成一帧永恒的风景。

且让我轻轻唱一首骊歌,唱给我的昨日。

第五辑 下雪记

冬天记

小时候，到了冬天，村子里到处都是逛来逛去的闲人，穿着旧棉袄，笼着袖子，坐在廊檐下、草垛旁晒太阳。村子里一夜之间长出了许多懒汉。

那些晒太阳的人，棉袄上露出白白的絮，邋里邋遢，看起来比乞丐好不了多少。可是很快乐。

那时候没有不快乐的人。一个笑话就能让人捧着肚子，笑出眼泪。

到了冬天，我妈勤快得像只土拨鼠一样，一个劲往家里储备食物：红薯、白菜、萝卜……整整码了半间屋子。

我妈说，就算下一场大雪，把屋子埋起来，我们家还能美滋滋地过一个冬天哩。

除了储备吃的，我妈还得储备取暖的。那会儿还没有空调、暖气，靠一只煤饼炉取暖。

每天晚上，我妈把一只红彤彤的煤饼封在炉子里，不知她用了什么魔法，到了早上，我妈取下那块封印，炉火仍不熄灭。

那一只红彤彤的煤饼炉，有着世上最温暖的夜晚。

我、弟弟、爸爸和妈妈，在被窝里玩"钓鱼"（一种纸质游戏牌，两张牌一样，即可收起中间所有的牌）。谁输了就刮谁一个鼻子。爸爸心不在焉，总是输。哈哈，爸爸的鼻子被刮成了草莓鼻。

我和弟弟的棉衣、棉裤，搁在炉子旁的椅子上，早上起来，套进去暖烘烘的。

那么多年过去了，不知为何，一到冬天，我就惦记那一只暖烘烘的煤饼炉。冬天最爱去的地方，是暖气开得足的地方，比如咖啡馆、澡堂……啊，那些暖烘烘的地方，一走进去就再也不想出来了。

西北风刚刚刮起来，我妈就翘首盼着那个卖煤饼的人。

那个卖煤饼的人推开我家院门的时候，我妈正在院子里生煤饼炉。她弯着腰蹲在地上吹着炉火，风吹动了她凌乱的头发和粗布衣裳。

我妈抬头掠了下头发的时候，那个卖煤饼的人挑着一担煤饼，一脚踏进了我家的院子，跟随他一起来到我家院子的还有一条名字叫小黑的狗，一双解放鞋和一副黑手套。那个卖煤饼的人看起来好像赶了很多的路，浑身风尘仆仆的，而且他一定搬了很多的煤饼，一张脸都给染黑了。

我妈扔给我一副旧手套，使唤我帮煤饼佬一起搬煤饼，垒在灶火间。我当然答应啦，我很乐意有机会跟那些来到村子里的陌生人聊聊天，比如问问他们从哪里来，要到哪里去啊诸如此类的问题。

那个煤饼佬是个很爱说话的家伙，他告诉我他是苏州人。那是一座古城，城中还有一个铸剑的亭子。天下第一铸剑师干将的那柄剑，就是在那里铸的。

当然，苏州在古时候还有另外一个名字，叫作姑苏。我马上接道，这个我晓得，姑苏城外寒山寺嘛。煤饼佬笑嘻嘻地说，看来你还很有文化嘛。不过寒山寺上没有山，寒山是一个和尚的名字。我惊讶那个煤饼佬怎么知道得这么多。或许他是一个乔装的隐士也说不定呢。虽然他穿得很破旧，又做着一份很辛苦的工作。

我们很快在灶火间里，码了小山似的一堆煤饼，这足够我家过一个温暖的冬天了。我一直盼着快点下一场雪。到时候我们只要生起煤饼炉，在屋子里取取暖，烤烤棉鞋就可以了。（我妈管那叫烤火腿。）我们还可以把鸡蛋扔到水壶中煮熟，在煤炉上爆年糕和豆子。

屋子里热气腾腾地围了一大堆人。懒汉奇奇也混迹在人群中，一边抢我们手里的豆子，一边吹牛说他东游西荡时遇到的各种稀奇事。还有刚嫁到我们村子的雪芬姐，也跟村子里的女人嘻嘻哈哈打成一片。

那个卖煤饼的人，一定不知道自己竟然给村子里带来了这么多欢乐。他在离开我家院子的时候，特地叮嘱我妈晚上要是把煤炉拎到屋子里过夜，一定要隙开一条缝，不然会一氧化碳中毒。

我目送着他消失在村子的大路上，天骤然暗下来。风吹得院门啪啪直响。我妈抬头看了一下天，说今晚可能就会有一场暴风雪，这个煤饼佬来得可真是时候啊。

煤饼佬走了以后，那个爆米花的人也来了。

那个爆米花的人在哪里呢？只要竖起耳朵，倾听巨大的"砰"的一声，很快就可以在栖真寺的一块空地上找到他。

穿着一件军大衣，满脸的络腮胡子，一副风尘仆仆的样子。令人疑心，他这一年其他事情啥也没干，就专门等着来我们村子里爆米花的。

一只黑乎乎的炉子，在生起的木炭火上转着圈，骨碌骨碌地，那只胖胖的肚子，像一个怀了孕的女人。所有的人都在屏息等待着那声巨响。胆小的孩子已经捂着耳朵躲远了。

等到那震耳欲聋的爆炸声响过之后，孩子们"哗"地聚拢在炉子边。只见那个爆米花的人，一只手戴着手套，拎起炉子往麻袋里一倒。雪白的爆米花出炉了。空气中弥漫着一股甜香味儿。那个爆米花的人捞出一把分给孩子们吃。

爆米花真好吃啊，像在吃云朵似的，又松又脆。

爆米花啦，爆米花啦。青龙湾的孩子们一边跑一边吆喝。钱家港的孩子也跑来了。他们不约而同地穿过怀秀桥和香樟树的浓荫，来到栖真寺旁的空地上。

为了占一个位置，两个男孩子摔起跤来。可是，等到那个爆米花的人，施展他的魔术，把孩子们背来的一小口袋米，变成一大袋白云一样蓬松的爆米花时，那两个摔跤的孩子也就和好了。

孩子们一边嚼着爆米花，一边在栖真寺旁玩耍。在那个爆米花的人还没有收摊之前，他们是舍不得回去的。

多么神奇的时光啊！落日的余晖，照在栖真寺的黄铜大门上，和寺前的两株古银杏树上。那"砰"的一声巨响，比一只鞭炮的威力可要大多啦。真是非常之喜庆和欢乐。

很多年以后，不知为什么，我总在梦里看见那个爆米花的人。他一直走在去新年的路上。

下雪记

二零零八年冬天,下过一场大雪。印象中,是来到这座城市下过的最大的一场雪。小区里的积雪足足没过了膝盖。屋顶上、树枝上覆了厚厚的雪。仿佛一夜之间,有个蒙面人给每一个屋顶铺上了一条白色的绒毯,给每一株柚子树挂上了白色的灯盏。总之,那样一场大雪,令世界有了一点魔幻的色彩。

我呢,一早起来,跑到楼下傻了眼。我的菲亚特不见了。找来找去,原来埋在雪里,隐约只露出一个胖胖的轮廓。怎么办?我只好拿了把扫帚(我家没铲子),把车顶上的雪扫掉。又跑上楼,拎了两只热水瓶,让汽车淋了个热水浴。然后,插入钥匙,预热了几分钟,启动了汽车。

学生已经停课了。可是校长大人没发放假通知,还得老老实实去上班。

我开着我的菲亚特,蜗牛一样爬在马路上。我的菲亚特轮胎上没装防滑链,上桥的时候还好说,下桥时,简直是滑下去的。我吓得一动不敢动。这才心里有点后怕,我这不是在玩命么。哎呀,老天保佑,上帝保佑，菩萨保佑，可千万别出事。我一路默念一路开车。

可是老天、上帝、菩萨都没有保佑我，"扑通"一声，我的菲亚特陷在一个坑里出不来了。无论我怎么踩油门，它就是一动不动。真是一辆老爷车啊。远远地，路上走来两个人，头上戴着黄色安全帽，穿着迷彩服，好像是附近工地上的民工。他们走到我的汽车旁，看见我的囧样，哈哈大笑起来。我原本来打算让他们帮忙咧。看他们幸灾乐祸的样子，只好不吭声了。那两个人围着汽车打了两个转，走到车屁股后面，帮我推起车来。

一二三。那两个人喊着号子，用力一推，把老爷车从雪坑里推了出来。（真是力大无比的两个人啊！）

我摇下车窗，冲那两个人大声说谢谢。那两个人摆摆手，头也不回地走掉了。

那两个人真不赖啊。我嘟囔道，原本还以为他们要看我好戏呢。

或者先推了车，再敲诈我一番。

哎，我的心怎么这么龌龊？世上还是好人多，哪来那么多坏人呢？我笑嘻嘻地哼着歌，继续往前开。

后来沿途又遭遇溜坡啦、雪坑啦、堵路啦、绕道啦，幸好一路有惊无险，终于安全到达了学校。

那天的状况实在是五花八门。

有一个坐公交车上班的同事，因为公交车停了，只好步行。因为家里离学校太远了，步行到学校已将近中午了。那个同事吃了顿午饭，又开始步行回家。到家时已经天黑了。一天的班就算结束了。

有一个同事，骑了一辆自行车上班。结果，半路上结结实实摔了一跤，扭伤了腿，直接去医院了。

还有几个同事压根就没来，打了电话向校长大人请假了。（哎哎，瞧瞧人家多聪明啊！）

第二天，我也赖在暖烘烘的被窝里不肯起床了。（因为校长大人开恩，发了放假通知嘛。）

温暖的南方，极少下大雪。总之二零零八年的那场大雪，超市里的盐被抢购一空。因为有人传路上撒盐，可以融雪。不知路上撒了多少盐……想来那些雪也是咸津津的吧。

此后将近十年再也没下过大雪。以至于天气预报说要下雪，所有的脖子都伸得长长的，翘首盼着雪的到来。那种急切的心情，如同热恋时等待一个人。

这两天我们办公室的话题是下雪。

会下雪吗？

下的吧。

会下大雪吗？

天气预报说是大雪。

路上积得起雪吗？

会吧。

几乎所有的人都在期盼一场大雪。一场足够可以堆雪人，打雪仗，令我们回到童年的大雪。（天气真的变暖和了，记忆中小时候几乎每年都会下一场大雪。）堆雪人，打雪仗是那时候最热门的作文题。

记得念小学五年级时，有一天在早读，语文施老师跑进教室，冲我们一挥手：同学们，打雪仗去。结果，一个早上，所有的教室都空空荡荡，所有的孩子都在操场上打雪仗。教室里的玻璃窗碎掉好几块。可是老师也不恼，照旧笑嘻嘻的。

晚来天欲雪，能饮一杯无？想必古人盼下雪，与我们无异。朔风凛冽，估摸着晚上要下一场大雪。于是生了一只炉子，温上一壶黄酒，加上几片老姜、一勺红糖。饮罢一杯酒，只觉浑身暖和、舒泰起来。那些藏匿在身体里的寒意与浊气统统被驱散了。

"夜深人静知雪重，时闻院里折枝声。"夜里的雪悄无声息，可是窗子边发白了，于是晓得雪越下越大了。雪压得院子里的树木、竹子纷纷断裂，真是一场大雪啊！天地一片空旷，清冷孤绝。那一片古典的雪，落在大地、田野、山河、草木、房屋、道路上。

　　记忆中下过一场浪漫的雪。

　　那一年，我刚和男友谈恋爱。有一天傍晚，下了一场大雪。我正发愁怎么回家呢，男友开了一辆面包车来接我。车厢里还有一束百合花，散发着淡淡的幽香。我跳上车，坐到副驾驶座。男友的大手捂着我的小手，暖烘烘的。天地间，一切寂灭，只听见从他掌心里传递过来一股电流，滋滋滋作响，还有嘭嘭嘭的心跳声，仿佛擂起了一百只小鼓。

　　画面切换到十年后的又一场雪。男友变成了丈夫，那个雪地里的女孩，转眼变作了妇人。光阴似箭，"嗖"一下飞过去十年。"嗖嗖嗖"几下，不知人间几度岁月。

　　傍晚，他打来电话说，下雪了，来接你啊。

　　好。

　　二十分钟后，关上电脑，戴上绒线帽、围巾、手套下楼。

　　他的车停在马路对面。呵，车里没有百合花。可是不知为何，闻到了一阵淡淡的幽香。

　　他说，买了香水，送给你。

　　为什么？

　　他说，因为你是永远长不大的十八岁少女呀。

　　十八岁太老，十六岁好不好。我笑着回他。

　　呵，因为一场雪，冬天变成了一个美丽的童话。那个王子驾驶着马车，带着公主驶向童话中的城堡。

　　又及，下雪后第二天，有个同事提议道：我们去打雪仗吧。

　　好啊。

大家很快跑到操场上，分成两队：男队和女队。两队人马抢占地形，捡雪、搓雪球，趁人不备，砸到对方身上、腿上、脖颈里。砸中者立即"毙命"，躺倒在雪地上。卧倒、反击……操场上从未有过那么热闹的时刻。总之，这一群平日里不苟言笑的大人，彻底变成了孩子。

　　像孩子一样开怀大笑。

　　像孩子一样兴高采烈。

　　像孩子一样稚气欢喜。

　　我忽然想起，世上的每一个大人，都是由孩子变成的。

　　一场雪，令我们重返童年，重拾童心。

　　当世界长大了，我们仍是天真的孩子。

菲亚特记

菲亚特是我的坐骑。一辆银白色的两厢车。

那时我在乡下上班，抱怨每天坐班车太麻烦。我家的说，考出驾照就给你买一部车。于是我卯足劲去考，过三关斩五将，好歹考了出来。说实在的，要说世上花钱买罪受的事，考驾照算得上一桩。尤其像我这样的路痴，一上车东南西北不辨，教练说，往右打死，偏偏往左。教练说，前面线框门，换二挡冲过去。那时觉得二挡是火箭速度，真恐怖啊。一颗心悬在半空中。后来在马路上开飞车，也没有那种恐怖感。

幸好，我的教练是我楼底下的邻居，姓于。他是一个很认真、严厉的教练。他的妻子雪琴，比我大两岁，和我很要好。我正好放暑假，于教练呢，天天被雪琴拖着给我开小灶。那时，很多马路上还很空旷，譬如城北路一带。从城北路一直开到底，有一条北郊河。是从乡村到城市的楚河汉界。小时候进城，到了北郊河，妈妈说，城里马上到了。我和弟弟本来已经快累瘫了，听到这话，立马一鼓作气往前走。夕光中，那一条北郊河仍有一点古意和忧愁。

河上造了一座大桥，取名"吉祥"大桥。桥上挂了红灯笼，一盏一盏，喜滋滋的。不过，比之现在，那时候的北郊河仍很荒凉。河里尚且有一些男人、小孩在游泳，裸着黑黝黝、壮硕的身体。两岸的夹竹桃，繁花似锦，如一匹锦缎。亘古悠久的岁月，往那一条锦缎上滑过去。

每次汽车开到那里，我们就停下来，到河边去走一走。雪琴一头乌黑的长发，在脑后扎了蓬蓬的一个髻。白皮肤，丹凤眼，穿一袭藕荷色雪纺裙，宛如画上的仕女。

我们沿着河，一直走到苜蓿湾（一个小镇，即现在的马厍汇）。"夕阳古渡苜蓿湾"。古时候，一个黄昏，一个行吟诗人乘船经过这里，看见一大片苜蓿花。遂下船伫足赏花，吟了一句诗。一千年以后，河上早已不见帆影渡船。那片苜蓿花地上，矗立起摩天大楼。想必一切不是那个行吟诗人所能料想到的吧。

但是，为何当我们走在北郊河畔，一颗心仍旧是古意而轻愁的呢？在这城市边缘，空旷地带，有一片奇景，仿佛有着魔力一般，瞬间把我们带入了古典的意境。于是我们穿越了时空。那一轮唐宋的月亮，仍在照耀着我们。红艳艳的夹竹桃被我们采来，插在一只古朴的陶瓷瓶子里。

那个夏日，我和雪琴，不过二十六岁，尚且不知愁滋味的年纪。于教练在汽车里抽烟、吹空调。虽是炎夏，走在古老的北郊河畔，不知怎么有一丝沁人的凉意。当汽车驶回城北路，至昌盛路一带，路上的行人、车辆渐渐多了起来。一阵热浪迎面扑来，我们又回到了火炉一样的城市。

暑假过后，我顺利拿到了驾照。我家的果不食言，给我买了一辆菲亚特。

我戏称它是我的小马驹。小时候，我就想着，如果坐着一匹小马驹去上学那多好啊。后来，我学会了骑自行车。那时六七岁，踩着爸爸的老爷车。爸爸在后面扶着车子，我个子矮，只够得到三脚架。从三脚架里踩着踏板，骑了一圈又一圈，一开始龙头总要偏，一不小心就跌倒。

不知骑了多少圈，跌倒了多少回，抬头一看，爸爸在前面冲我笑呢。啊，心里一慌，又结结实实摔了一跤。

我家的说我会开汽车是个奇迹，我也觉得是个奇迹。我不会骑摩托车、电瓶车。我胆子实在太小了。骑摩托车肉包铁嘛，太危险了。不像开汽车是铁包肉，好歹还有一层钢铁铠甲保护着。

所以嘛，我拥有了人生的第一部车。那时买一辆汽车还是很稀奇的。邻居们一起来围观。那时我还住在禾平街，我的邻居们，是楼上公公和婆婆、于教练和雪琴，还有一个幼儿园园长一家。三户人家走得很近，我年纪最小，虽早早结婚生子，仍不免有些孩子气。邻居们很宠我，爱我。直到现在，我搬出那个小区很多年了，每年仍回去一两趟看他们。

楼上公公后来得了老年痴呆症去世了，留下婆婆一个人。我们去看婆婆，当年利索的婆婆，犯关节炎，走不动路，雇了一个保姆。辞别时，婆婆伫立在门口，佝偻的背影那么寂寥。令人忍不住想要掉眼泪。雪琴生了二胎，一个白白胖胖的儿子。儿子会说话了，有一天，看见奶奶躺在沙发上，拨打120，说快来快来，奶奶昏倒啦。救护车赶到敲门，奶奶醒了，不过只是打了一个盹。雪琴笑嘻嘻与我说宝贝儿子的趣事。

我一直觉得自己是一个薄情之人，但仿佛又不是。故人旧事，总是念念不忘。一件旧物，一段旧时光，亦会牵动柔软的心弦。

是不是年纪越大，越会对一些人，一些事，一些东西更加留恋？譬如我的菲亚特，开了六七年，卖掉也有六七年了。（时光匆遽，二十六岁的我，如今已经三十八岁了，多么可怖。）当年卖掉它时，并无留恋，如今倒是时常想念。那天打快车，坐到一辆菲亚特，那些前尘往事，忽然一下子都回来了。记得刚买下它时的第一天，恨不得抱条被子到车里睡觉。开着它到处乱跑，想要一个人去周游世界。一个礼拜去一次洗车店。夏天买冰丝坐垫，冬天换羊毛坐垫。对它的种种宝贝、呵护之事。

有一次开车去学校，在乡村公路的拐角处，撞上了一辆运沙子的卡车，蹭掉了一层漆。那辆卡车上的司机跳下来，笑嘻嘻地看着我。记得当时我都快哭出来了。后来，漆一点一点掉了，发动机突突突作响。水表忽然亮起红灯。冰丝坐垫磨旧了，羊毛坐垫也黑了。总之，一切是怎么坏毁的呢？譬如一个人对另一个人，一颗心又是如何慢慢变淡的呢？

但是真的一点旧情也没有了吗？想来并不是。前尘往事，说不定某一天忽然又会跑出来，因它一直盘旋迂回于心底、记忆的枝丫上。隐秘的记忆，如一条汹涌的地下河，替我们记住了一切。

譬如那个炎夏的北郊河、仕女图、雪琴、于教练，还有我和我的菲亚特。

那些消逝的旧时光，时至今日，仍如电影镜头，一幕幕地在我眼前闪过。

小木屋记

女友在安吉深山租了一幢小木屋。下雪天,去小木屋里住两晚。厚厚的雪,把小木屋埋起来。女友穿着厚棉袄,带着绒手套,像一只毛茸茸的小熊,从小木屋的窗子里爬出来。

那梦境一样的小木屋呵。

小时候,妈妈生了小弟弟。我寄居在外婆家。外婆家也有一幢小木屋。小木屋旁,有一间鹅舍,养了几十只鹅。那些鹅,又白又胖,白毛浮绿水,红掌拨清波。

外公赶着一群鹅,去村头的池塘里。这个古怪的老头,对什么都满不在乎,唯独宝贝那一群鹅。白天,鹅在池塘里戏水,外公躺在草地上睡大觉。一顶草帽盖在脸上。

等到夕阳西下,外公赶着他的一群鹅慢吞吞地回家了。外婆说,老头子你一分钟都不迟呀,正好赶上吃晚饭。可不是么,外公的鼻子是被一缕炊烟牵回家的。到了黄昏,暮色笼罩大地,淡蓝色的炊烟从村子里升起来。呜呼哀哉,现在的孩子,竟然不知道炊烟是何物了。那一缕古老的炊烟，和外公的魂魄，一起远逝了。

小木屋里，搭了两个床。我和外婆睡一个，外公睡一个。外公的床，用两只木头凳子搭着，中间铺上了木板。夏天铺一条席子。冬天，铺上稻草垫子。稻草垫子用藏蓝色的布缝起来，里面塞满了新稻草，闻起来有一股清香。外公拍拍他的稻草垫子说，真暖和呀。外公这个老头子，脑袋一挨到枕头就呼呼睡着了。

半夜里，我听见耗子在地上走来走去。吱吱吱，那些耗子胆子贼大，听说还咬掉过小孩子半个耳朵呢。我有点恐怖起来，唯恐早上醒来，我的半个耳朵也不见了。幸好，外公家的耗子不吃耳朵，只会偷些米，偷些糠。那些米袋子、糠袋子上，总有一个个小洞。外公气坏了，想逮耗了，可是耗子听得懂人说的话。外公不小心说漏了嘴，这些该死的耗子，今晚非逮住它们不可……这一夜，屋子里静悄悄的，一只耗子都没出来。所以呢，后来外公学乖了。默默地什么也不说，蹑手蹑脚把夹子放在米袋旁，我刚想问外公这么神秘干吗？外公朝我竖起手指，嘘了一声。于是我心领神会，知道外公要抓耗子了。

有时是捕鼠夹，有时是一块涂了老鼠药的饭团。总之，那些扔在地上的东西是不可以捡来吃的，没准就被下了老鼠药。外公告诫我，小橘子，陌生人的东西也不能吃，没准一不小心就被人骗走了。隔壁的阿二，有一天失踪了再也没有回来。阿二的娘，眼睛都快哭瞎了。谁也不晓得他去哪里了，是不是还活着。有人说看见阿二跟一个货郎走了。那个货郎给阿二吃了一块当当糖。阿二吃了糖，笑嘻嘻地跟着那个货郎走了。阿二真傻呀，以为跟着货郎就永远有糖吃。那不过只是那个货郎给他尝的一点甜头，后面的苦头够他受的。小橘子，答应外公，无论谁给你吃什么，你都不能要。想吃什么外公给你买。

外公，我想吃棉花糖。好，外公给你买。第二天，外公带我去了集市上，买了一朵蓬松的棉花糖。那一朵棉花糖，看起来就像天上飘着的一朵云团。

到了晚上，天黑了，鹅跑进了鹅舍，我们跑进了小木屋。那些云朵跑到哪里去了呢？

外公说，宇宙吧。

什么是宇宙？

天地宇宙。宇宙是比天地更大的东西。

我更迷惑了。什么是天地？

天地滋生了万物。山啊，水啊，花啊，草啊，鹅啊，小橘子啊。

噢噢，看起来，这个宇宙是一个无比巨大的家伙。比我们住的村庄还大，比我们的国家还大，比地球还大。

宇宙里有什么？

有外星人吧。

外星人长得和我们一样吗？会说话吗？

这个嘛，就不好说喽，外星人长得像猪，也可能像蚂蚁，还可能像巨人。有三只眼睛，四个鼻子。至于说话嘛，滴滴滴，就像发电报一样。

外公打着哈欠说，小橘子，别问啦，睡觉喽。

半夜，我听到滴滴滴的声音，好像是从墙壁的角落里传出来的。我悄悄地从被子里探出脑袋，暗暗想着，是不是外星人来了？

可是屋子里啥也没有。既没有猪，也没有小蚂蚁，更没有三只眼睛，四个鼻子的巨人（当然也许是有的，只是太黑了我看不见罢了）。

那滴滴滴的声音，响了一阵，忽然停止了。

过了一会儿，滴滴滴，滴滴滴，那声音又持续地响了一阵。那些外星人，是不是在发射一组密码呢？可是我完全听不懂啊。不晓得外公这个古怪的老头，听不听得懂。

我喊了一声外公。可是外公躺在他的稻草垫子上呼呼大睡。一点动静皆无。

171

早上醒来，我对外公说外星人的事。外公说，小橘子，这么说，外星人已经来过我们的小木屋了？

嗯，我得意扬扬地说。那当然。外星人还邀请我去坐他们的飞碟呢。

我编起谎话来，像真的一样。

外星人是怎么说话的呢？

滴滴滴，滴滴滴。我模仿发电报的声音。

唔，外公笑眯眯地点点头。果然是外星人说话的声音啊。

什么外星人不外星人，你们一老一小说话越来越没个边了。外婆从墙角掏出一个闹钟，昨天半夜，快被这个闹钟吵死了。

啊，原来滴滴滴的声音，是闹钟发出来的。我冲外公瞅过去，外公这个老头，假装什么也没有听见，大摇大摆地出门了。

我也大摇大摆地跟着外公出去了。

外公和他的小孙女，还有一群鹅，大摇大摆地走在村子里的小路上。

那一幢小木屋，仍在亘古的时光中。尖尖的屋顶，闪烁着金光。

雪人记

朔风凛冽。

天一下子灰蒙蒙的,仿佛罩了一顶灰色的穹盖。手指冻得像一只胖萝卜,脚呢,冷得像鞋子里掉进了冰碴。

一根鹅毛从天空里掉下来。我暗暗想着,想谁家的鹅这么野,这么冷的天,还跑到屋顶上去?揉了揉眼睛仔细一看,又一根鹅毛……

一片鹅毛颤悠悠落到我的掌心里,凉丝丝的,是一片雪花,尽管它倏忽不见了。书本上说雪是六角形的,甚至雪像一个花枝,有三个枝丫的,六个枝丫的,十二个枝丫的,还有十八个枝丫的。

现在落下来的雪,是鹅毛状的。

下雪啦,下雪啦。天空飘着无数的鹅毛。村庄像一座巨大的鹅舍。

雪纷纷扬扬的,落在草木上,草木白了。落在屋顶上,屋顶白了。落在小黄狗身上,小黄狗变成小白狗了。落到爷爷的胡子上,爷爷变成一个白胡子的老头喽。

雪下了一夜,第二天一早,我睁开眼睛,穿上绒线裤,迫不及待地跳下床去拉窗帘。哇塞，天地间一片白茫茫的。树枝上覆着雪，屋顶上覆着雪，草垛上覆着雪。一轮丽日，照耀着村庄。

一个下了雪的村庄是奇异的。

总之，一切不太一样了。可是说不出哪儿不一样。这么说吧，好像有人用一把巨大的刷子，把村庄刷了一遍白油漆，哪儿哪儿都簇新敞亮了。

那些破败和灰暗的旮旯里，现在统统一片雪白。

小黑子在窗外喊，小橘子，快出来堆雪人啦。小黑子扛了一把扫帚，身上穿了一件黑披风，他见到我，使劲冲我招手。小橘子，快点快点，我们要堆一个世界上最美的雪人。她要穿一条白裙子，戴一顶白帽子，然后披上黑披风。当然，她的鼻子是红红的，我们可以用辣椒或者萝卜。她的眼睛是漆黑的，也可以是深蓝的。小橘子，你见过深蓝的眼睛么？我摇摇头。

小黑子得意地笑了，我见过，有一年妈妈带我去城市，我见过一个外国小女孩，一头金发，眼睛是蓝色的。我追着她看了一路，她不停地回头冲我笑。后来，我去百货大楼，看见卖衣服的地方，站了一个女孩，也是深蓝色的眼珠，我以为是她，结果，她一动也不动，我大着胆子摸了一下，她仍是不动呢。那个卖衣服的阿姨说，那是模特。小黑子说到这里问我，模特，你知道是什么吗？我摇摇头，小黑子朝我绽开一口白牙，就是不会动的塑料人。可是跟真人长得一模一样。摸起来，手也是软软的。

啊，我听了吓了一跳，我可从来没见过这样的模特，我只有一个缺了胳膊的塑料娃娃。模特，我把这两个字又念了一遍，还有天蓝色的眼睛。世界上真的有蓝眼睛的人么。像猫一样，闪闪发出幽光。那么，世界上会有红眼睛的人么，像小白兔一样。我暗暗想着。

小黑子催促我，小橘子，你别磨磨蹭蹭的，快点行不行。你看，要是我们去晚了，说不定别人就把雪铲光了，我们就堆不了世界上最美丽的雪人了。

沿途有人在铲雪，那些人可真讨厌啊，把雪铲掉做什么呢？反正过不了几天，雪就会融化掉。雪的生命多么短暂。美好的时光多么短暂。我说，小黑子，我想写一首诗了。

小黑子说，写吧。我捡起树枝，在雪地上鬼画符一样画起来。小黑子看了说，你写了什么？我说，一首白雪之诗。小黑子说，小橘子，瞧不出来你还会写诗啊。我仰着头说，那当然。我想，总有一天，我会成为一个诗人的。

那些铲雪的人是吕小明的爸爸吕天生，卖酱鸭的阿四，还有鳏夫永福和他的阿黄。我很讨厌吕天生，他一直叫我白白头。小时候我头发长了虱子，奶奶给我剃过一个白白头，结果，他就白白头，白白头地叫开了。还有村子里许多人，也都跟着他乱起哄。现在，我已经长发及腰，是个漂亮的小姑娘了。可是，吕天生见了我，还是会叫我白白头。我用滑雪衫的帽子挡住脸，还是被他发现了。

吕天生说，白白头，你去哪儿？我白了吕天生一眼，继续一声不吭地往前走。吕天生在我背后哈哈大笑。我真想不明白他有什么可笑的，取笑一个小孩子，难道就有这么好笑？还有他的儿子吕小明，仗着比我们大两岁，天天欺负小黑子。我讨厌他们全家祖宗十八代。我气鼓鼓的，腮帮鼓得老高。

小黑子说，小橘子，你别生气啊，犯得着跟大人一般见识？大人最不好玩了，尤其是那种拿小孩子取乐的大人。我忧伤地说，可是，总有一天，我们也会变成大人啊。小黑子眼睛亮闪闪的，坚定地说，我们就算变成了大人，也绝不会取笑小孩子。

卖酱鸭的阿四，身上有一股鸭骚气。我看见他总是坐在廊檐底下，抓起一只鸭子，飞快地拧断它的脖子。他眼里有着戾气，鸭子们见到他就筛糠似的发抖。我们经过阿四家门口，头也不抬。

不过，鳏夫永福看到了我们，喂，两个小家伙，你们去哪儿？你管不着——小黑子瓮声瓮气地说。永福好脾气地说，好吧，我管不着。永福摇摇晃晃地走了。福贵跟在他身后，雪地上很快有了一排歪歪扭扭的脚印，通往青龙湾的草甸。

小黑子说，小橘子，快点走，别磨蹭了，我们快点走吧，你看草坡上的积雪又白又厚，我们去那里堆雪人吧。

我们来到了草坡上，果然，那里覆着一层厚厚的雪，仿佛一个巨大的席梦思床垫。小黑子飞奔过去，扑倒在席梦思床垫上。哎呀，太舒服了。小橘子，你也来躺一下。我也扑过去，与小黑子并排躺在一起。蓝蓝的天上，一朵云也没有。云朵都变成雪花落下来了吧。

我转过头，喂，小黑子，你还在想那个蓝眼睛的外国女孩吗？没有啦。小黑子说，我觉得蓝眼睛很好看，可是世界上最好看的还是黑眼睛。比如，小橘子的眼睛，就像两颗黑葡萄。

那么，我们堆的雪人，到底是蓝眼睛，还是黑眼睛呢？黑眼睛。小黑子一锤定音。她是一个女孩么？当然，她是个女孩。小黑子很笃定地说。

我们赶紧堆雪人吧。我催促小黑子。小黑子从地上抓了一团雪，捏成一个小小的雪球，然后放到地上滚起来。它滚啊滚啊，滚得有南瓜那么大，车轱辘那么大，它越滚越大，很快变成一辆马车，一个房子。小黑子愣在那里，挠了挠头，有点不好意思地说，哎，我堆了一个房子。

没事。其实先堆一个房子也不错啊，可以当成雪人的家。这样吧，我们先给房子开两个窗子吧。不然雪人住在里面多气闷啊。我们拿了一根树枝，在房子上画了两个四方形的窗子，一个朝南，一个朝北。朝南可以看见青龙湾的草甸。朝北呢，是金光闪闪的栖真寺。按照村子里的五柳先生的话来说，这房子风水好得很呢。

176

小黑子又捏了一个雪球，这一次，它滚啊滚啊，滚得有南瓜那么大，小黑子停了下来。他把雪球拍拍结实，左看看，右瞅瞅。小黑子说，这个可以当雪人的脑袋。小黑子又堆了一个雪球，滚成一株树球那么大，就是我们学校门口，那种剪得圆滚滚的树，小黑子说，这个可以当雪人的身体。我看了一眼雪人的身体，心想，这个雪人好胖啊。小黑子说，冬天么，衣服穿得多，当然就会胖一点。

　　小黑子手里的扫把，正好插在雪人的身体上，当了一条胳膊。可是这个雪人怎么一条胳膊呢？我问小黑子。小黑子说，她的另一条胳膊藏在背后，我们看不见。那么，雪人的那一条裙子在哪里呢？小黑子说，瞧，我忘记啦，我只有黑披风。那就当她的裙子吧。

　　小黑子把黑披风系在雪人身上，果然美轮美奂。

　　我捏了一些小雪球，一颗一颗挂在雪人的脖子里，呵，好一串闪闪发光的珍珠项链。雪人的鼻子是用一个红辣椒做的，歪歪的，很俏皮的样子。嘴巴是一个牛奶瓶的盖子，好像在发出一个"哦"字。

　　至于黑眼睛，用什么东西做会比较好？用泥巴会化掉，况且还脏兮兮的。黑葡萄呢，我们压根就没有。小黑子从口袋里掏出来两颗黑色的弹珠，在我眼前晃了晃。黑眼珠一按上去，这个世界上最美的雪人笑嘻嘻地看着我们。

　　我们给雪人取个什么名字好呢？小黑子说。

　　雪儿。我忽然灵光一闪。

　　雪儿，好美的名字啊。小黑子赞叹不已。

　　你好，雪儿，欢迎你来到青龙湾。我伸出手，跟雪儿的手轻轻地握了握。

　　忽然，我的掌心中微微一热，我看到一双白如柔荑的小手，握了握我的手。

　　你好，小橘子。我听见一个娇滴滴的声音对我说。

我使劲揉了揉眼睛，没错，雪儿变成了一个美丽的女孩子，站在我面前。转动着乌黑的眸子望着我。她的皮肤，像白雪一样白。

你是……小黑子结结巴巴地说不出话来。

我是雪儿呀。雪儿微笑着说。

你从哪里来？

我来自遥远的雪国。

雪国，那是一个什么地方。

那是一个白雪皑皑的世界。所有的东西都是用白雪做的。

房子、树木、花草，还有人，都是白雪做的吗？

当然，就像你们堆的这个房子。雪人指着小黑子堆的那个白房子。

那一定美极了吧？我赞叹道。

是啊，那是世界上最美的地方。一切都洁白无瑕，像钻石一样，发出璀璨的光芒。

那么，你是雪国的公主么？小黑子问。

雪儿笑着点了点头，踮起脚尖，为我们跳了一支舞。

我和小黑子从来没有见过这么美的舞姿。我们跟着雪儿，唱啊跳啊。跳累了，就到那个大房子里，躺在沙发上。（我们做了许多沙发、床、小椅子、小凳子，还做了点心呢。）一天的时光飞快地过去了，太阳快要落山了。雪儿又一动不动地伫立在雪地上。

我和小黑子恋恋不舍地冲她挥挥手。

第二天，第三天，我们一大早就去找雪人。可是雪人一天比一天消瘦了。终于有一天，雪人说，她就要离开了。我和小黑子急了，说，你可不可以一直留下来。雪人笑了，雪人说，我得回去了，我身上的能量已经不多了，在这里我很快就会死的。

可以来到你们的世界，看到太阳和月亮，听到鸟叫，闻到花香，我已经觉得很幸福了。况且，我还交上了你们两个好朋友。

我和小黑子呜呜地哭了起来。

雪儿说，我还会再来的。

什么时候？

明年冬天吧，如果下雪，那我就一定会回来。

那么，我们约好了，你一定要回来看我们。拉钩，上吊，一百年不许变。我、小黑子和雪儿三个人勾了勾手指头。

雪儿冲我们微笑着，太阳照耀着大地，她的身子在黑披风底下，渐渐矮了下去。终于消失不见了。

我和小黑子久久地伫立在雪地里。

雪融化后的村庄，麦苗青青，小溪奔腾。

春天过去了，夏天过去了，秋天也过去了，终于，冬天又到来了，我和小黑子一直伸长脖子等待着。

初雪即将降临，雪人即将再现。

第六辑 时光记

青龙湾记

吕小明那个讨厌鬼，瘦得像一根旱烟管。可他绝不肯承认自己瘦，他说那是苗条。

我冲他哈哈大笑：苗条，那是对女孩子说的。

吕小明追着我说，白白头，看我不揍你。

我的绰号白白头，就是吕小明和他爸爸吕天生叫开的。我头上长了虱子，奶奶带我去镇上的理发店，理发师用推子把我的头发剃掉了，裸露着青青的头皮，活脱脱像个小尼姑。奶奶得意地说，这下虱子再也咬不了你了吧。奶奶没得意多久，回到家，爸爸就冲奶奶发了脾气。

爸爸说，好好的小姑娘，剃了白白头，丑死了。

奶奶只好连夜给我织了一顶绒线帽。

吕小明看见我，趁我不注意，掀掉了我的帽子，指着我拍着手，跳着脚叫：白白头，白白头。

我夺过帽子，落荒而逃。

可是吕小明每次见到我，就叫我白白头。

白白头，去上学了。

白白头，你的作业借我抄一下。

白白头，白白头。

我的头发已经长得很长了，可以扎两条麻花辫了，吕小明那个讨厌鬼仍叫我白白头。

旱烟管。我使劲剜了他一记白眼。

奶奶说，吕小明是你叔，不准没大没小。

若是不按照村子里的辈分，吕小明这个讨厌鬼，比我才大两岁呢，可我得管他喊叔，心里真是憋屈。哎，我妈咋不把我早点生出来。让他叫我大姨，那才解气。

吕小明的爸爸和我的爷爷是兄弟。我爸爸管吕小明的爸爸喊叔，我就得管吕小明喊叔。天底下没道理的事情可真多了去。

可是吕小明才比我大了没几岁。

吕小明这个讨厌鬼，经常跟在我屁股后面。自从他喊我白白头之后，没少遭我的白眼。

去去去。我像挥苍蝇一样冲他挥手。

要是有大人在，我得装出一副恭敬的样子，尊称他一声叔。

偶尔，大人不在，有事相求，我也假模假样喊吕小明一声叔。

叔，你能爬到树上帮我摘野杨梅么？

吕小明"嗖"的一下，野猴子一样蹿到树上去了。

青龙湾的河滩上长了一株野杨梅树。野杨梅的果子红彤彤的，看起来比真的杨梅个头还大。只是，野杨梅不能吃。

为什么不种一株真的杨梅树呢？

这事得怪小鸟，不偏不倚，叼了一颗野杨梅种子，落到了这里。村子里的树，比村子里的人还早落户。什么苦楝树、野杨梅树、大槐树、乌桕树。年深月久，俨然是村子里的一个个住户了。

年岁大了，树会成精。这是吕小明的爷爷吕德安告诉我的。

吕德安说，那株枣树仗着自己年纪大，摆起谱不肯结果子呢。嘿，这个老家伙，瞧我去吓唬吓唬它。

吕德安手里举了一柄斧子，走到枣树旁，朝树干砍了三记。哎呦呦，我仿佛听见枣树的嚷嚷声。那一年，那株老枣树，果然结了许多果子。

有时候，暴力比别的法子更奏效。

吕德安扔下一句话，拍拍手走掉了。

吕小明从枣树后钻出来，拍了拍胸脯，惊魂未定。

妈呀，我还以为我爷要用斧头砍我呢。

哈哈，瞧你，胆小鬼。

白白头。

胆小鬼。

白白头。

……

吕小明和我谁也不肯示弱，直到两个人说了一千零一个胆小鬼、白白头之后才作罢。

天黑下来，我有点害怕。我说，喂，我们回家吧。

吕小明笑嘻嘻地看了我一眼，你害怕了？

才没有，我才不是胆小鬼。

噢，那你干吗着急回家？吕小明笑嘻嘻地问。

说心里话，我实在有点害怕。这里是青龙湾，祖宗的坟地。风吹过来，好像有一个女人在哭泣。呜呜——呜呜——这里埋着红的妈妈。

红的妈妈生了小弟弟，有一天悬了一根绳子在屋梁上，上吊死了。之前一点征兆也没有。那时候，大家还不知道有产后抑郁症这件事，都说红的妈妈被鬼附身了。那间屋子被关了起来，里面堆满了杂物，结满了蛛网。有时，我们禁不住好奇，偷偷推开一点缝隙朝里看，一只蜘蛛垂下长长的丝，吓了我们一大跳。

红的家里是我们的根据地。红的爸爸常年在外面打工，只有红一个人带着弟弟。红在屋子里放了一块木板，教弟弟认字。我们当小老师。我教语文，在黑板上写了一首诗：春眠不觉晓，处处闻啼鸟。夜来风雨声，花落知多少。当当当，一块砖头敲三下，换音乐课。红的嗓音真好听，唱的是一支《晚霞中的红蜻蜓》：晚霞中的红蜻蜓，请你告诉我，童年时代遇见你，那是哪一天？清脆的童声，从那一堵泥墙边飞出去。

我们把瓦片当碗，摆上菜叶，玩过家家。折了红薯藤，做成项链，一条一条挂在脖子上，手腕上，环佩叮当。吕小明和小黑哥蹲下来，四只手绞在一起，做成一顶轿子。红笑嘻嘻地坐到轿子上。轿子抬着红，转了一圈，红咯咯地笑。

那时我才六七岁，红比我大一岁，已经会做饭了。拿一只小凳，站在灶台上，煮一大锅青菜粥。粥滚起来，红熄了火，在灶里煨了两个地瓜。一会儿，屋子就溢满了香气。红的晚饭，不过就是青菜粥和地瓜。有时，红的爸爸回了家，大家纷纷作鸟兽散。

红的爸爸是一个目光阴郁、瘦削的男人。中年丧妻，令他的脸总是紧紧地绷着。我几乎没听见他说过话。

红的爸爸有时很凶。夏天的黄昏，红偷偷溜出来，跟着我和吕小明去青龙湾游泳。红的爸爸拿了一根竹竿，站在河阶上，远远看见红游过来，就把竹竿伸过去打她，不让她上岸。

红惊慌地扑着水。

红的爸爸说，以后还游泳不？

不游了，再也不游了。红大声哭泣着。

红的爸爸这才把竹竿递过去。红爬上岸，浑身湿漉漉的，瑟瑟发抖。

十四岁，我穿着白裙子，抱着书，穿过香樟树的浓荫，在步云桥畔遇见红，红从口袋里掏出一包餐巾纸送给我。红说，她在镇上的一个小作坊上班，每天折餐巾纸。我打开那包餐巾纸，上面印着卡通图案，闻起来有一股香气。红从我身边走过去，她的身影高挑、秀丽。我忽然发现，十五岁的红已经是一个美丽的女子了。

我和红在环秀桥上擦肩而过，一个朝西，一个朝东，从香樟树的浓荫底下走散了。

从此我和红再无交集。

直到有一天，我在城市的马路上遇见红。乍一眼认不出她来了。她腰身粗壮，嗓门很大，不过三十来岁，却已经像个大妈了。红一眼就认出了我，大声喊我的名字。

红说，你怎么一点也没变？还是娃娃脸，身材还是那么消瘦。红紧紧地握着我的手。我对红的热情感到惊异，并且稍稍有一点不自然。红似乎觉察到了，放开了我的手，跟我说了声再见。

红的身影，很快消失在滚滚人流中。

很多年以后，吕小明入赘到城市，当了一户有钱人家的女婿。

吕小明结婚那天，挽着很像周慧敏的老婆，向街坊们递烟倒酒。他家门口停着一辆黑色小轿车。那是女方的彩礼。吕小明的老丈人，据说是水果批发市场的老板。有好几个店面，好几套房。

街坊们在艳羡和祝福的同时，免不了一番唏嘘："看起来是青龙湾上祖坟的风水好啊。"村子里谁家摊上了好事情，村子里的人都相信是祖宗在暗地里护佑。

因此每逢清明，七月半，村子里的女人都要上青龙湾祭祖。

这一年，吕小明的母亲秀娥在上坟时，就恭恭敬敬地给祖宗磕了好几个响头呢。

扫尘记

腊月二十三，我们家开始大扫除。我妈头上裹了块围巾，蒙着脸，露出两个眼睛。两只耳朵上挂了两块布片，手里挥舞着一个鸡毛掸子，像个日本兵。

八仙桌上、五斗柜上、灶台上、水缸上，铺了塑料纸。墙角、房梁上垂下长脚灰尘，小蛇似的倒挂着。平日里，我妈对这些长脚灰尘视而不见，风一吹，长脚灰尘晃晃悠悠，有一种鬼气。

乡下的房子，到了冬天，西北风一吹，窗户里有小兽钻进钻出——月白色的院落里，覆了寒霜，有一种奇异之气，犹如幻境。幻境中，走来穿棉袍的老者，双手笼在袖子里，弯着腰，佝着背，忽而一阵剧烈的咳嗽，一口老痰堵住了嗓子眼。老者沿着墙根走过去，渐渐走进寂寞哀愁的岁月里去。

扫尘是一桩大事。一年扫一次，可不得大干一番么。我妈把碗橱里的东西，全搬了出来，堆在水泥地上。天晓得我家的碗橱，怎么能藏进那么多东西：白底蓝边花碗、盆子、汤碗、勺子、调羹、糖罐、搪瓷杯……还有两罐麦乳精。（小姨送的礼，我妈忘掉了，简直有一种失而复得的欢喜。）

那只糖罐是我妈的嫁妆，油腻腻、黑乎乎，已经辨不清本来面目了。我妈拿把刷子，蘸点洗洁精，使劲刷啊刷，再用清水一冲，眼前赫然出现一只白瓷罐子，上面雕着浮凸的花纹，真是美矣。我妈盯着那只糖罐出神，轻轻叹了口气，不过我妈才当了一分钟黛玉，转身继续当王熙凤去了。

我妈指挥着我和弟弟，把两个抽屉里的东西清空。我和弟弟一人一个抽屉。抽屉里藏了鸡蛋、粽子叶、红纸、剪刀、磨刀石……七零八碎的杂物，大多是奶奶塞在里边的。"臭屁值千钿"，我妈虽时常嘀咕，却不敢随便乱扔奶奶的东西。奶奶在我们家是老祖宗，有至高无上的地位。爷爷也不敢得罪她。我妈只敢对我爸凶，对我奶奶也要尊称一声老太太。

奶奶过世二十年了，我妈说起奶奶，仍念及老太太的好处。老太太在的时候，许多不明白的事情，一问即知。现在，老太太不在了，我妈只好当老太太了。

碗橱里的东西一一洗干净，用抹布把搁板擦一遍，再一一放回去。灶台上、水缸上、洗脸盆的架子、八仙桌、长凳，统统擦一遍，甚至墙上的门洞（我家客厅墙上挖了一个洞，摆一些茶杯、茶叶罐、火柴诸如此类的东西）也擦过抹过。玻璃窗先用抹布擦一遍，再用揉皱的旧报纸擦（这活又派到了我和弟弟身上，我俩猫着腰蹲在窗台上，一边擦，一边瞄准射击，砰砰砰、哒哒哒的声响不绝于耳），玩是小孩子的天性。大扫除这一天，家里乱七八糟的景象，简直让我和弟弟乐开了花。我们表面上很顺从地干着我妈派的活，暗地里却小猴子似的窜上窜下。直到我妈一阵眼冒金星，我俩这才收敛起来。

水泥地用拖把拖一遍，湿漉漉的，映得出人的影子。

灶台也抹干净了，摆了一对大红蜡烛。这一天，除了扫尘还要祭灶

（我们乡下叫谢灶）。谢谢灶王爷，保佑我们全家老小这一年平安无事，也拜托灶王爷"上天言好事"，在玉皇大帝面前多替美言几句。

鲁迅先生在《送灶日漫笔》里写道："灶君升天的那日，街上还卖着一种糖，有柑子那么大小，在我们那里也有这东西，然而扁的，像一个厚厚的小烙饼。那就是所谓的'胶牙饧'了。本意是在请灶君吃了，黏住他的牙，使他不能调嘴学舌，对玉帝说坏话。"

因此一家人都是恭恭敬敬的。我妈平日对我和弟弟凶巴巴的，这一天也慈眉善目，唯恐灶王爷向玉帝奏她一本。

新春扫尘，有除陈（尘）布新之意。要把一切的穷运、晦气，统统扫地出门。

扫了尘，要贴春联。我妈去镇上买日历、红纸，把大红的纸，裁成长条，请村里的教书先生，用墨汁写上黑乎乎的大字。这一天，教书先生家里门庭若市，都是来求春联的人。教书先生穿着长衫，悬腕写字，很有一种古意。

那时，我痴痴地想，长大了，我也要当一个教书先生，替村子里的人写春联，写信。那时，村子里识字的人并不多，年纪大的不会写字，儿子去当了兵，女儿嫁到外地，都得央教书先生代写家书。我瞥见信末写的几个字：一切安好，勿念。

教书先生姓沈，右手有一点残疾，字是用左手写的。我惊讶一个人竟然可以用左手写字，况且还写那么好。后来，沈先生教我们语文课，上课的时候，左手在黑板上刷刷地写，沈先生的字写得奇崛，很有风骨。

村子里的红白喜事，沈先生都被请到朝南的贵宾席上，沈先生喝酒很文雅，用宽大的袖子轻轻一掩，饮一小口。沈先生的那件长衫，对襟，绣着复古的盘口，村子里也只有沈先生一个人还穿长衫，也只有沈先生穿了长衫好看。沈先生胸中藏了墨水，才会这样温文儒雅罢。我暗暗地想着。

很多年以后，我也当了教书先生。不过写在黑板上的字，是一堆歪歪扭扭的洋文。也无长衫穿，我是女的呀。倒是我有个同事黄小墨，经常穿一袭长衫，我问他是从哪儿弄来的，黄小墨说，淘宝呀。

黄小墨有个书法工作室，里面摆了一张木头桌子，铺了一块白布。平时，黄小墨在那里教学生写毛笔字。快放寒假了，黄小墨裁了红纸，正方形，中间印了一朵祥云，黄小墨就在祥云上写福字，写春联。

黄小墨伫立在那里，穿着长衫，悬腕写字，颇有几分沈先生的神韵。每次我看见黄小墨在那里挥毫泼墨，就会想起沈先生。我有很多年没见过沈先生了，不知他还穿不穿长衫，写不写毛笔字了。

过年回乡下，我问我妈，沈先生还写不写春联？我妈说，已经很多年不写了。现在没有人去求春联了，春联都从集市上买，现成的，洒了金粉，几块钱一张。有的人家，干脆春联也不贴，鞭炮也不放了。我妈摇摇头说，这过年，越来越不像个过年的样子了。

我说，妈，我想去看看沈先生。我妈说，好，应该去看看。沈先生是你的先生。过年了，学生去拜拜先生，应该的。

我去了沈先生家里。沈先生家很好认。那一户门前栽了一片翠竹，有一片木槿花栅栏的人家，就是沈先生家。沈先生仍旧穿了一袭长衫，很有昔日风姿。不过，沈先生头发白了，背也佝偻了。见到我，一下子没有认出来。我说，沈先生，我是小橘子呀。沈先生盯了我看了半响，这才记起来，嗳，是小橘子呀。沈先生咳嗽起来，师母在一旁替他捶背，一边说，他一激动，就要咳嗽，老毛病喽。

沈先生，我想央你写一副春联。我恭恭敬敬地奉上红纸。沈先生讶异了一下，笑着说，好好好，很多年没写春联啦。兰心（沈先生的夫人），快去研墨。沈先生伫立在长条桌旁，穿了长衫，悬腕写字。仍旧很有一种古意。

沈先生的字仍旧那样奇崛，那样有风骨。

我想，也许有一天，村子里会永远消失这个穿长衫的教书先生。谁也不再记得，那些写在春联上的墨香袅袅的字。

花碗记

雨天的菜市场。水泥搁板上，摆着红的西红柿，绿的青椒，白菜、玉米、小葱、菠菜，一片鲜绿可喜。

还有卖碗的，白底蓝花、粉花。大大小小，摆了一长溜儿。

小时候，我们家用的就是这样的花碗。有大中小三个号。大的叫撇碗，大约是碗向四周撇开之故。中号的叫罗尼（音）碗。罗尼什么意思，至今没想明白。小的叫小碗（呵，小碗是一个美丽的女孩子的名字呢）。蓝底白花的花碗，于灰暗、破败的灶台上，艳丽俗气的乡村中，显出一抹素净与淡雅。

花碗底上刻了字。刻的是当家男人的名字。譬如我们家，爸爸叫金寿，刻的是"寿"字。大伯叫金星，刻的是"星"字。小叔叫金荣，刻的是"荣"字。这些字龙凤飞舞，是碗店里的老板，用一个电钻刻的。碗店的老板，刻了成千上万的字，算得上是个书法家了。他的书法这样实用，并且拥有这样多的观众。几乎所有的人，都收藏了他的字。

我们家的东西，几乎每一样都写上了名字。竹匾、扁担、长凳、八仙桌……我上一年级即当了写字工。我们家的东西要署名的时候，母亲把挂在门背后的那支毛笔找来，蘸一点红漆，写上爸爸的名字。风吹雨打，日月穿梭，那红漆写的字迹淡了、白了，光阴也老了。

花碗易碎。捧着花碗去串门，一不小心，"哐啷"一声，花碗就碎掉了，眼泪像断了线的珍珠一样掉下来。摔碎了碗，要挨母亲一顿打。母亲用筜帚打手心，一边打，一边问，下次还摔不摔碗？把头摇得像拨浪鼓：不摔了，再也不摔了。

可是下一次，照旧摔了碗。

世上有一种花，叫打碗碗花。莫不是我不小心碰了那种花，才总是摔破碗？

可我压根就不认得打碗碗花。我只认得牵牛花，太阳花，晚饭花。

况且，我也不信那打碗碗花会拥有这么大的魔力，会念咒语。

凡是玻璃、瓷器、水晶、玉石……哪一样不会碎？

倒是搪瓷碗不会碎。搪瓷碗摔到地上，磕掉一块，破了一个洞，黑乎乎的，补一补照旧可以用。讨饭的人，捧着一只搪瓷碗，伫立在我家门口。那个讨饭的，头发乱蓬蓬，脸上脏兮兮，仿佛跋涉了万水千山，才走到我们村子里。那个讨饭的人抵达我们村子时，炊烟袅袅地升起来。那个讨饭的人伫立在门口，拉一把胡琴。胡琴的声音幽幽怨怨，如在诉说一个凄婉的故事。我妈听罢，叹了口气，接过讨饭的手里的搪瓷碗，盛了一碗白米饭，压瓷实，又夹了两筷菜。

那个讨饭的千恩万谢地走了。

我惊讶着，要是村子里每一户人家给他一碗饭，那个讨饭的人一天要吃多少顿饭？

后来，讨饭的背了个大口袋，不要饭，要米。米可以卖钱，也可以换别的东西。米可以换橘子，一斤米换两斤橘子。村子里经常驶来橘子船。通常也在吃晚饭的时候，我一听到"橘子换米"，就扔掉饭碗，拎了米袋,飞快地跑出去。

小花碗放在门口,被一只小花猫踢翻了,碎成两瓣。偷偷把碗扔到屋后的砖瓦堆里。幸好妈妈没发现。

有时去河边洗碗,小花碗漂走了。那只小花碗,看起来像一艘船,顺着河水一路漂过去。不知会漂到哪里。不知有谁会捡到它。我的心,似乎也跟着那一只花碗,悠悠地漂到了远方。

有一天吃饭时,妈妈讶异道,真奇怪,这一阵也没见你们打碎花碗,怎么家里的花碗越来越少了。难不成吃饭的时候,把花碗也吃下去了?

下次去赶集的时候,妈妈蹲在卖碗的小摊上,把一只花碗的底翻过来,看看有没有磕破的口子。我瞥见妈妈露出的一截后背,光滑、温润,仿佛瓷器一般。

呵,那时的妈妈,多么年轻,多么美丽!

那个卖花碗的人,表演起杂耍。把花碗顶在竹竿上转圈。那只花碗,陀螺似的转起来。那个杂耍人,脑袋上也顶了一只碗。手上、脚上都顶了碗。看得人手心里捏了一把汗,唯恐花碗摔到地上。可是那些花碗好像沾了磁石,牢牢地吸在了那个人身上。旋转,旋转,仿佛永不会停下来。

人世如一面幻境。幻境中,旧时光历历在目。那个捧着蓝边花碗的小女孩,忽而有了沧桑的容颜。

小半生已经过去了呀,可是仍旧痴心不悔。对于所爱之人,所爱之物,仍旧有痴心与眷恋。

有一年去景德镇,在一条巷子深处,看到一个卖花碗的小店。门口摆了一堆碗。那个卖碗的人引我走进院子里。穿过一个天井,来到一间屋子里。幽暗的天光,从木格子花窗漏进来。青砖地上,摆了十几只花碗,古朴的,旧旧的。一见即是倾心。

八十块一只花碗,买了两只。白底蓝花,是我钟爱的花碗呢。

那两只花碗，用来盛白米饭，有一种日子的素净与欢喜。

有时也盛汤，一碗枸杞排骨汤，吃出了光阴的滋味。

好的光阴，便是如此，朴实、简静、素淡、无华。好的光阴，是下雪天，拿一只银碗去盛雪。皑皑的雪光，映照在银碗上，有着惊天动地的美。

新年记

年关将近，村子里外出打工的人也都回来了。那些风尘仆仆的人，背着鼓鼓囊囊的蛇皮袋，走在村子里的小路上，很像是一个异乡人。

蛇皮袋里藏着铺盖被子，还有各种年货：冬笋、香菇、火腿、花生、瓜子……哗啦啦倒出来一大堆。

我妈把地里的萝卜、白菜，一箩筐一箩筐地运回来，码得整整齐齐的。我妈把萝卜切成萝卜干，撒上盐和糖粉，那个萝卜脆脆的、辣辣的，好吃极了。白菜可以腌酸白菜，酸酸甜甜，放一只冬笋，切成丝炒一炒。可以吃下两碗白米饭。

腊月二十，请了村里的杀猪佬，在家里杀年猪。天蒙蒙亮，就把那头猪赶到墙角，两根细麻绳，把两只脚前后交叉，绑了起来。那个杀猪佬手里的刀寒光一闪，对着猪的脖子刺了下去。那头猪闷哼一声倒在地上。用木桶去接猪血，舀一碗蒸一蒸，血凝固住了，像一块块冻豆腐。水缸里早预备了滚烫的热水，把猪扔到水缸里，褪掉毛，再开膛剖腹，挖出里面的肝、肺头、肚子、大肠……所有的内脏几乎都可以吃：雪菜炒猪肝。猪大肠洗干净，拌入糯米，蒸一蒸，做糯米肠。猪肺切碎，煮一锅猪肺头汤，肺头汤里放点啥？几根辣椒，一把菠菜而已，味道却极鲜美，眉毛都要掉下来。

猪头可以冻猪头膏，那种黑黑的呈果冻状的东西。讨的是"有头有脸"的好口彩。我们家几乎每年都要冻猪头膏。可是冻的时候有点可怕。对着那双死猪眼，怎么看都觉得瘆人。我妈不敢冻猪头膏，我爸也不敢，只好去央求永福帮忙。永福笑嘻嘻地说，冻好了给我切一盘吃。我妈大方地说，那还用说，给你切两盘。

永福冻的猪头膏，肥如脂玉，入口即化，好吃到爆。到了冬天，我就想吃永福冻的猪头膏。可是村子里没人养年猪了，永福死了，也没人会冻猪头膏了。有一次去文虎酱鸭，看到猪头膏，买了一块回来，吃起来不是记忆中那个味道了。一个人总觉得小时候吃过的东西最好吃，并且念念不忘。

还有四个猪蹄膀、猪脚，也剁了下来。蹄膀酱在缸里，做酱蹄膀，过年时招待女婿。猪脚、猪蹄呢，和毛豆放在一起，炖至酥烂，吃起来那个香，令人直淌口水！剩下的猪身子，摆在八仙桌上，切大排、小排、肋条肉、后腿肉。庖丁解猪，这一头猪，解得七七八八，只剩下一些肥膘。把肥膘放锅里熬猪油，白白的猪油，冻住了像奶酪一般。把熬出的油渣捞起来，脆脆的，好吃极了。

我顶喜欢吃油渣，尤其刚出锅的油渣，白热沸烫，香气四溢。油锅开了，炸排骨。裹上一层芡粉，往油锅里一炸，想吃的时候，放点糖，放点醋，就是糖醋排骨。也制作爆鱼，十几斤重的胖头花鲢切成块，炸至松脆，骨头也酥掉了，直接可以吃进肚里。此爆鱼非彼鲍鱼也。有一次，一个北方的朋友过来，请他吃爆鱼，朋友欣然赴宴，结果吃到的是爆鱼。朋友很生气，以为诳他。其实此爆鱼，吃起来比彼鲍鱼味道好多了。那是童年的味道。

猪后腿上的肉，剁一盘肉丸子。亲戚里有三十三岁的，送一碗肉丸子去，可避邪气。三十三，乱刀斩。不知别处有没有这样的习俗，我三十三岁那年，我妈剁了一盘肉丸子，珍珠般一颗，嘱咐我躲在门背后吃。至于为什么要躲在门背后，我妈说，躲门背后，坏人、霉运就找不着你。呵呵，我妈可真好玩。不过三十三个肉丸子吃下去，果然一年平安顺遂。

杀了年猪，开始做糖糕。糖糕印子是木头做的，有桃子、如意、锦鲤、花卉各种各样的图案和形状。一个粉团，搓扁了，往糖糕印子里一压，再往木凳子上轻轻一磕，一只"桃子"糖糕就出来了。"桃子"糖糕上还绘了云头、流水的花纹。一屉糖糕蒸熟了，用筷子蘸一点红水点一点。也在我和弟弟的额头上点了点，我们立刻就变成了年画里的娃娃啦。

那个爆米花的人，和呼啸的西北风一起来到了我们村子里。我妈递给我们一个袋子，让我们去爆米花。在栖真寺庙的空地上，那个爆米花的人摇动着一只炉子，"砰"的一声，炉子发出巨大的响声，比一个鞭炮的威力可大多啦。我们捂住耳朵，看那个爆米花的人，变戏法似的变出一袋袋雪白的爆米花。

还有葱管糖。一台突突响的机器，倒进去一把米，再撒一把糖精、色素，那个细细弯弯的管子里，就伸出来一条细细弯弯的葱管糖，有红的、绿的，吃起来，"咔嚓咔嚓"作响。这是我们这一代人的膨化食品，好比现在的小孩子吃的薯片。我和弟弟极爱吃葱管糖，冬天的夜里，我们像小老鼠一样，从床头的塑料袋里摸出一根葱管糖，"咔嚓咔嚓"，那声音在寂静的冬夜里听起来格外响亮。

炒米也是必不可少的。奶奶在灶头烧火，锅子炒得热烘烘的，我妈把一淘箩米倒下去，迅速翻炒。全凭火候和眼疾手快。婆媳两个人平日里难免有嫌隙，这时有说有笑，配合得天衣无缝。火光映得奶奶的脸红彤彤的。啊，奶奶已经不在人世很多年了。而我再也回不到亘古的时光里去了。

　　还有新衣裳、新裤子、新鞋子、新帽子、新手套、新围巾……一样都不能少。大年初一要穿新衣。我妈买的新衣总是太大了，又丑得要死，穿起来像苍蝇套在豆壳里。我极不情愿穿，可我妈死活给我穿上。穿上新衣去拜年，可以拿到红包。一个红包两角钱，算得是一笔巨款，上缴给我妈。我妈转个身，拆了红包，包给来拜年的小侄子、小侄女。

　　还有瓜子、花生、日历、对联、福字……家家户户的大门上，廊柱上，贴满了春联、福字，一派喜气洋洋。接下来就等着除夕的到来了。

　　除夕这一天，先要祭祖。糖糕、鲤鱼（红纸贴住了鱼眼睛，怕它乱跳）、一只杀白的公鸡（剩了尾巴上的毛，看起来威风凛凛的）、一只蹄膀、一盘甘蔗、苹果、一对大红色蜡烛，八只淡青色的酒盅。爸爸斟了黄酒，恭恭敬敬地祭拜祖宗。那些看不见的祖宗，吃了菜，饮了酒，拿了钱，受了"咚咚咚"的磕头，高高兴兴地回天庭上去了。

　　祖宗们吃过了，一家人团团围坐在一起吃年夜饭、看春晚。除夕之夜，灯火彻夜不熄，谓之长明灯。爆竹声中一岁除。夜里十二点，我爸去院子里放炮仗。我妈呢，背着烧香袋，去栖真寺烧香。寺里人头攒动，香火颇旺。据说烧到头香者，可得流年吉利，大富大贵。

　　大年初一，门上的对联换了新的。不外乎"天增岁月人增寿，春满乾坤福满门"。风吹雨打，那去年的对联，白了、旧了。撕下来贴上了新的，又是红彤彤的一年。

时光记

  只有小孩子才会盼望过年，觉得时间过得太慢，恨不得一夜之间长大。大人总觉得时光飞逝，仿佛去年的元旦就在昨日，怎么一个转眼，又到了今年的元旦，不由得惊惧感慨起来。难怪哲人要叹：逝者如斯夫。

  有时，我走在马路上，看见一个踽踽独行的老人，想着他一生走过的路，曾经历过的芳华时代，心里总是波澜起伏。那个老人，面容平静、漠然，那些青春、光辉的岁月，在他脸上再也没有踪迹可寻。

  似乎每一张老去的脸都是相似的，犹如每一张初洗婴儿的脸，你心里不免觉得讶异，最初的和最后的时光，似乎都是凝滞的，果冻般呈透明胶状。

  那漫长如永生的童年，简直令人心焦，那时候时光仿佛无穷无尽，尽可以任我们挥霍，亘古的落日，不灭的繁星……忽而激流湍急，几十年光阴，一路疾驰而去，刹也刹不住。急景凋年就在眼前。

  那个在童年早夭的孩子，像一粒果核，封闭了外界一切的黑暗，永远也不会尝到人生的坎坷，寂寞、哀愁、疼痛、刻骨的相思，以及人生诸多的滋味。永远地隔绝了生命中黑暗、绝望、腐败、坏毁的一刻。

小时候，邻居的一个姐姐，半夜害肚子疼，大人七手八脚把她送到医院，可是在途中就断了气。那个早夭的姐姐，当时仅仅有十来岁，一个花骨朵尚且还没有绽放就凋谢了。小姐姐的妈妈哭得死去活来，小姐姐的爸爸，也一下子苍老了十几岁。

后来，那对中年丧女的夫妻，又生了一个白胖儿子，那个母亲抱着儿子，在廊檐底下喂奶，脸上闪烁着圣母的光泽。小姐姐的爸爸，一下子神采奕奕，又变得年轻了。

他们把小姐姐一个人扔在了荒野。原来，一个人的爱会被替代。时光可以带走世上一切的悲伤，一切的哀愁。可是那些悲伤和哀愁，真的就荡然无存了。未必如此，那个小姐姐的母亲，在我的婚礼上拉着我的手说，小橘子，要是雅云还活着，那么如今也该出嫁了。说完，她蹲下身子，洗一堆盘子，眼泪落到了水盆里。原来，她从未忘却过她早夭的女儿，纵然到了白发苍苍的那一天，那个早夭的小姐姐，依旧是她母亲内心深处最牵挂的人。

外公八十岁那年，得了不治之症，没有人告诉他，可是这个聪明的老头，从大家闪烁的言辞中知道了真相。外公知道自己大限将至，并不悲伤，只是每天都会去田间、地头、河滩上转一转。他舍不得那一片土地，他曾经挥洒过的汗水，种过的庄稼，搭的篱笆，盖的房子，娶的女人，生的孩子。他舍不得那一缕拂过他脸庞的温柔的风，一声婉转的鸟鸣，一株青青河畔草，一场辉煌的落日。

在离开之前，他要把他们一样一样地记在心里。他要记住大地上最后一场落日，最后一场雨，最后一个冬天，最后一场雪，但是，也许并没有最后一个冬天了。他的身体已经十分衰弱，走路也觉得吃力了。他不晓得，一个曾经扛得动两百斤大米的人，怎么现在，一把热水壶都提不动了。他把热水壶里的水倒在木桶里，给外婆洗脚。

他从来没有给外婆洗过脚，可是现在，他觉得要为这个女人做些什么。他从来都不是一个温柔的丈夫，但是，他现在想要对她温柔一次。他干涸的眼睛已经流不出眼泪，瘦骨嶙峋的手已经迟钝、麻木、羸弱不堪了。但是，他的心，依旧热烈而滚烫。

可怜的外婆，那时已经得了老年痴呆症。那一段时间，忽然清楚了起来。她从米袋里舀了一碗米，放在灶台上，插一双筷子，跪在地上"咚咚咚"地磕头，额角渗出了血丝。外婆嘴里念念有词：菩萨，灶王爷，保佑我家坤林平安。外婆已经不记得别人的名字了，只有坤林，她丈夫的名字，她没有忘记。那两个字，是她的一生所爱。老来多健忘，唯不忘相思。我的外婆，老来什么都忘记了，只记得她爱的男人。

后来，家里人把筷子藏起来，外婆找不到筷子，呜呜呜地哭了起来，她多么惊惶、无助，像个小女孩。外公去世以后，外婆的老年痴呆症越发严重了，有一天，姑妈指着外公的照片问她：这是谁？她只是漠然地摇摇头。她的目光平静、淡然，超越了悲与喜，生与死。我心头一酸，暗地里却觉得，忘记了未必不好。忘记了痴与嗔，忘记了贪与恋，甚至忘记了相思。

人生譬如尘埃，有一天终将归于虚无，所有的一切终将过去。

外公去世两年以后，外婆也仙逝了。去送别外婆的那一天，我伫立在村口的小路上，等灵车开来。世上再也没有外公和外婆了，那个小女孩茫然四顾，再也回不到亘古的时光里去了。

那天，表舅召集我们吃饭，表舅在一家保险公司当老总。去吃饭的都是后辈，表弟表妹、表表弟表表妹。我们本是从一根大树上长出来的小枝丫，可是有的已经见面不相识了。表舅说，人老了，经常想起小时候的事情，我记得去舟山念书，妈和叔叔送我去火车站。妈和叔叔上了车，就再也挤不下来了，到了下一个火车站，他们才挤下车。妈和叔叔走了十几公里路才回到家。那时，我就告诉自己，一定不能忘记他们的恩情。

　　表舅的叔叔，就是我的外公。外公病重时，表舅买了虫草，医生说，外公活不过半年，后来，靠这些虫草吊了大半年。我的表舅当年是村子里第一个大学生，长得白白净净，极其清俊，现在也已经是个年过半百的老人了。表舅说，小橘子，小时候我经常抱你。你特别爱哭，怎么哄也哄不好。

　　那天，表舅非让我爸我妈一起去吃饭。我爸说那么多人怎么坐得下？表舅说订了大桌子，可以坐二十几个人。表舅点了许多菜，有大龙虾、鱼翅。我妈把大龙虾往我爸碗里夹，我爸又往我妈碗里夹，两个人夹来夹去。表舅笑着说，姐姐和姐夫这么恩爱，真令人羡慕啊！这么多兄弟姊妹里面，姐姐的福气顶好了。

　　我妈说，哪有你福气好哟。在我妈眼里，表舅才是福气顶好的人。一个人的福气好不好，看衡量的标准是什么？金钱、名誉、身份、地位，一切譬如浮云。

　　仿佛只是一个转眼，已至人生荒芜之境。犹如爬到了一个坡顶，接下去就是走下坡路了，不免惆怅惘然，继而生出来恐惧之心。

　　也许每个人心中都会有恐惧，面对黑暗与虚空的恐惧，面对疾病与衰老的恐惧，面对光阴与生死的恐惧。

　　有时，一个人走在茫茫人海中，心中也会起了恐惧之心——那么多张脸，竟无一认识熟悉，犹如置身荒野，顿觉茫然与怯意，然而，正是因了这茫然与怯意，我们才会更加珍惜时光，爱恋人世。